うしろのおしず

龍と老神

小野寺S一貴

うしろのおしず
～龍と姥神～

contents

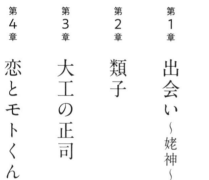

本書の内容は、実体験をもとに、脚色を加えて書かれた小説です。

またこれらは、あくまで個人の体験であり、その真偽を確定するものではございません。

奪《だつ》衣《え》婆《ば》

三途の川の畔にいる謎の老婆のこと。

死んでやってきた者たちの衣服を剝ぎ取ることから、そう称される。

剝ぎ取った衣服は、川の畔に立つ大きな木の枝に掛けられる。この木を衣領樹《えりょうじゅ》という。

衣服の重さは生前に犯した罪や穢れの度合いで異なり、大きな罪を背負っていれば枝は大きくしなり、軽い罪の場合だと、枝はほとんどしならない。

その枝のしなり具合で罪を量られ、死後の行き先が決まることから、奪衣婆は閻魔大王の妻との噂もある……。

プロローグ～死んではならぬ

死ぬな。

死ぬな。

死ぬな。

「おまえらはまだ死んではならんのだ」

息も絶え絶えに、腹の底から必死に叫ぶ。

冬の冷たい空気を吸い込む。

吐く息は一気に白くなった。

いつものような、くねらせながら大空を優雅に飛ぶ姿とはかけ離れた光景に映っているに違いない。しかし、そんなことにかまってはいられない。一刻の猶予もなかった。

ここはある港、目線の先には一台の車。その薄汚れた白い車は、真っ黒な海に向かって疾走している。

その車を追う、一柱の龍神がいた。

車を塞ぐように低空で飛び、あたりを周回して懸命に訴えるも、龍神の姿など見えぬ男はそのままアクセルを踏み込む。悟ったような、諦めたような、いや、むしろこれからいく「あの世」での裁きを覚悟するような、腹を決めた表情でハンドルを握る男。

眠っているのか、それとも眠ったふりをしているのか、車内には男の家族もいる。

なぜ、気がつかん。逝ってはならぬ。ダメだ、やめろ。

叫んでも、叫んでも……声は届かない。

なんと自分は無力なことか……。龍神は歯噛みしながら、それでも懸命に車を止めようとする。

街の灯りが、少しずつ遠のいていく。

どうすればいいのだ。

一心不乱に考えを巡らせるも解決策は見いだせない。

平安の世から、龍神は人の子たちを見てきた。

愚かな行為を繰り返しては神々をがっかりさせてきた、それが人の子だ。

だが、それでも見捨てることができぬのは、人間という生き物が好きだからだろう。

弱くて愚かでどんなにあさましくても、時折見せるかわいげな振る舞いや、神社で真剣に願いを捧げて懸命に生きる姿を見れば、ついつい捨てておけなくなってしまう。

「ありがとう」と感謝されればうれしくもあり、楽しそうな笑みを見せられれば放っておけなくなるのも仕方がないではないか。そんな姿を見るたびに、我々は人間たちのために手を差し伸べてきた。

だが、我々のそんな思いは届かない。それがどんなに辛いことか。

どれほど身を挺してその行いを止めようとしても、我々の言葉に多くの者が気がつかぬのだ。それでも我々は人の子を助けるために必死になる。そして思う。こんなときに彼らと同じように「言葉」で伝えられたなら、と。自分の思いを伝えるすべがあったなら、と。

車はまだ走り続けている。その先の、闇に広がる海へ向かって真っすぐに。

もうダメか。

そう思いかけたときに、ふと背中に「何か」が乗ったような、えも言われぬ気配を感じた。

荒ぶる龍神の背に乗れる者など限られている。ビリリと痺れるような強い気ながらも、どこか神聖な空気を感じて、恐る恐る首を背中へ向けた龍神は、目を丸くした。

「あ、あなた方は……まさか……」

龍は、背に乗るふたりの老夫婦に向けて、すっと頭を下げて平伏した。

第1章

出会い～姥神～

「まぁ、ホントにいい天気だわ。こんな日は仕事しないで大正解！」

妻の弾んだ声が助手席から飛んできた。

「なんせ予定がなくなっちゃったからねえ。丸一日時間が空くなんてことなかったし、たまにはいいかな」

ハンドルを握りながら、僕の言葉もどこか弾んでいる。僕の名前は、小野《おの》寺《でら》Ｓ《えす》一貴《かずたか》。みんなからは「タカ」と呼ばれている。職業は物書きで、ありがたいことに本も何冊か出している。そして、僕の右腕が妻のワカ。彼女の存在なくして、僕の作品は決して出来上がらない。かくして、常に二人三脚で仕事をする、公私ともに大切なパートナーなのである。

そんな日に、予定していた編集者との打ち合わせがキャンセルになってしまった。どうやら今朝になって、先方が突然体調を崩したらしい。大したことはないようだが、無理をして悪化したらえらいことなので、やめにしたのだ。世界を揺るがす感染症も流行したことだし、そのほうがお互いに気が楽だろう。

打ち合わせ後には一緒に取材に回る予定で、2日間空けておいたから、その時間がそのままフリーになったわけである。まさに想定外の自由！　そして「空は青く澄み渡り」という絶好のシチュエーションなら、そりゃ遊びにいかずにはいられない。僕たちは早速ドライブへ「レッツラゴー」したのだった。

「スタバに寄るの忘れないでね。ドライブにはアイスコーヒーでしょー」

助手席に座るワカはスニーカーを脱ぎ、よっこらしょとあぐらをかいて鼻歌を口ずさむ。この狭い車内であぐらをかけるとは、彼女の脚がいかに短いかの証しだな、などとは口が裂けても言えない。

「で、どっちに行こうか？」

ドライブスルーで購入したアイスコーヒーを手渡しながら、僕は聞いた。

「そうね……なんかさ、今日は冒険の気分なのよね」

「冒険か、悪くないね」

「でしょ？　だから、今まで行ったことがない道を通ってみようよ。タカ、どっか未知な道、ない？」

未知な道……ダジャレなのかどうかはさておき、ストローをくわえて僕は考える。

「そうだな……ごめん、思いつかない」

「ないんかっ！」

急にそんなこと言われてもなあ。ただ、妻の気持ちはわかるのだ。気分は冒険。冒険はワクワクするし、未知の世界を知りたかった子ども時代のような気持ちになる。

話し合った結果、分岐点に差しかかったら通ったことがない道を選んで、そっちに進んでみようということになった。

おもしろい。僕はアクセルを踏んだ。

いつも通る大通りを避けて、西へ向かう。この道を行けば、僕たちの住む宮城県仙台市から山形方面に向かうことになる。感染症が流行し始めて間もなく、公共交通機関の利用の自粛を求められた。とはいえ部屋で悶々としているだけでは辛いので、車で近隣をドライブする習慣がついた。おかげで近場の道には詳しくなったが、この道は初めてだ。この先は、果たしてどこにつながっているのだろうか。

いつも通る道からは左手に見えていた湖が、右手に見えてきた。

「へえ。同じ場所でも、反対側から眺めるだけで全然違う風景に見えるんだな」

「ほんと、知ってる場所なのに不思議な感じがするわね。左右の位置関係が反転して、建物の向きも逆になるからかな」

ちょっと世の中と似ているかも、とワカは窓の外を眺めて呟いた。

確かにな、僕は思った。

僕らが生きる日常も、別の方角から見れば、まるで違って見えることがある。

この世は表裏一体だなと思うことが、最近多くなった。表と裏、右と左、朝と夜、男と女、まさに陰と陽の世界観がそこにあるのだ。角度や立ち位置をほんの少し変えるだけで、これまで見ていた世界が一変する。

　気づけば車は知らない通りに出た。昭和のにおいが色濃く残る雰囲気で、両脇には、衣食住様々な個人商店が並んでいる。かつての賑わいを感じさせる街の片隅に、大村崑さんが紹介する栄養ドリンクのホーロー看板を見つけた。レトロな商店が並ぶ光景は、僕に子どもの頃を想起させ、一瞬タイムスリップした気持ちになる。もう少しこのムードを味わいたくて、ほとんど……いや、まったく人けのない道路脇に車を停めた。ドアを開けて外へ出る。

　自分の子どもの頃の街並みを思い出した。家の向かいのスーパーで買い物を頼まれたものの、「多めに買っちゃえ」とカゴに入れすぎた結果、レジでお金が足りなくなって慌てたこと。近所の駄菓子屋で好きな漫画のカードを手に入れるためにお小遣いとにらめっこしたこと。どれもその後の自分にとっていい思い出であり、教訓になったなあと思いを馳せる。

「……すごく懐かしい空気だ。なかった？　昔、こういう商店街」

　僕はあたりを眺めながら、妻に聞く。

「あったあった。ほんと、懐かしい感じ。あ！　見てよ、タカ」

ワカがある店を指さす。そこは、さびた看板が掛かった、すでに営業していない本屋だった。汚れたガラスの入り口に、色あせたポスターが貼ってある。

上山《かみのやま》競馬に行こう！

「競馬のポスターじゃないか。だいたい、上山競馬場はもう20年近くも前になくなっている。それが貼りっぱなしになってるなんて、どれだけ長いことこのままなんだよ、この本屋は」

「じゃなくてさ、どこ行くか悩むならこれも導きと思って行ってみない？　上山」

……なるほど。それはいいかもしれない。実は僕らは、上山には足を踏み入れたことがなかった。そこに何があるかはわからなくても、ふと、思い立ったり、出会ったりすることが運命を左右するサインなことは多い。どうせ今日、明日は暇を持て余した身だ。思い立ったら動かにゃ損という気持ちである。

「よし！　じゃ、行ってみようか」

僕は車に戻ると、アクセルを強く踏んだ。

山形自動車道に乗り、まずは山形市内を目指す。山形は僕が学生時代を過ごした愛着のある地であり、結婚後もちょくちょく足を運んでいて、駅前の蕎麦屋はなじみの店だ。

　左手にスキー場が見えてきた。雪の多かった今年は3月になっても充分な積雪があるようで、スキーヤーやボーダーが思い思いの弧を描いている。しばらくすると、左手に山形市の街並みが見えた。奥羽山脈と出羽山地にはさまれた船底型の盆地になっている県中央部は、夏は暑く冬は寒い。だけどその分、はっきりと四季を感じ取れる風土で情緒があって僕は好きだ。

　山形蔵王インターで降りた僕たちは、13号バイパスを南下。小腹がすいたので物産館に寄り、名物の玉こんにゃくを買った。割り箸に刺さった醤油味の玉こんにゃくは実にうまい。ハフハフと食べながらカーナビのマップを見ていたら、

「アチチ。ねえ、タカ。あっちだよね？」

「あっち？」

「ほら、さっきお城が見えた方角あるじゃん。あっち」

　おっと思った。方向音痴のワカにしては上出来だ。そう、その方向に上山の街があるのだ。そして彼女が食い付いたお城というのは、上山城だった。

　上山は、山形市の南に隣接する人口約3万人の市である。山形盆地の入り口にあたり、戦国時代の慶長出羽合戦（１６００年）では、上杉家の家臣、直江兼続が攻めてきて激戦を繰り広げた場所だ。直江兼続といえば、大河ドラマ『天地人』で妻夫木聡

さんが演じて話題をさらった。

「ほう。おまえら、城へ行くのかね？」

ふいにどこからか言葉が降ってきた。

「あら、ようやくガガのお出ましね。待ってたわ」

ワカがニンマリと笑みを浮かべた。

声の主は、妻ワカを守る龍神様、名をガガという。

いつからか僕たちの前に現れ、有意義なアドバイスを送ってくれる存在だ。時には突き放されることもあったけど、それは心から人間を思っての行動で、厳しくも優しい龍神様なのである。

ちなみに僕には龍神の声は聞こえない。ガガのセリフは「見えるひと」である妻ワカを介したものであるが、物語の進行上その点の描写は省略することをご理解いただきたい。

というわけで、妻がそんな「見える」「聞こえる」という体質であること、へんてこな龍神がくっついていることがわかったところで、話を進めることにする。

「しかしおまえら、この地が好きだな」

ガガが呆れたような口調で言う。

「この地って山形のこと？」

「さよう。やれメシだ、息抜きだと言っては遊びにきすぎだがね」

ガガは少し困ったように腕を組んだ。

「ははあ。山形は出羽三山《でわさんざん》をはじめとして、古くからの信仰の地ですからね。さてはガガさん、偉大な神様や仏様を前に恐れおののいているんじゃ？」

なんせこれから行く上山は温泉地で、かつては出羽三山参りを終えた旅人の「精進落とし」の場として賑わったといわれるところなのだ。

僕がからかうように返すと、

「バカモン！　そんなことないがね。我は偉大な龍神様だぞ！　恐れおののくほどではないのだよ、ちょっと怖いだけだがね！」

ガガがいつもの調子で反論してきた。言い訳なんだか肯定なんだかよくわからないけど、白い顔を真っ赤にして怒っているガガを想像するだけで笑ってしまう。そういうところが憎めない龍神様なのだ。

ちなみに今「白い顔」と言ったけれど、彼（龍神に性別はないらしいが、たぶん彼）は白い龍神様。白い「芦毛《あしげ》」と呼ばれる馬はユーモアがあったり、変わった性格が多いと聞くが、龍神の場合もそうなのだろうか？　ガガによれば「明るい色ほど格が高い」ということのようだが、ガガを見ているとそんな疑問が浮かんでくるのはやむを得ない。

さて、ガガの登場で車内は一気に賑やかになり、気づけばかみのやま温泉街に入っていた。武家屋敷や古民家の間に温泉旅館が立ち並ぶ街並みは、城下町と温泉街、両方の顔をいっぺんに体現しているようで拓けた印象を受ける。この雰囲気は好きだ。

上山城は、その中心部の小高い丘の上に位置していた。

緩い坂道を少し上がり駐車場に車を停めると、「月岡神社」と書かれた看板が目に入る。おそらく、お城や街を守るために鎮座しているのだろう。境内に残る雪が太陽の光を反射して、神社の周りを明るく照らしているようだった。僕たちは拝殿で手を合わせてから、お城の入り口に回る。入り口には「沢庵和上と上山藩主・土岐頼行」と書かれた石碑に二人が向かい合っている様子が描かれていた。

「沢庵和上って、漬物のたくあんをつくったお坊さんかしらね？」

ワカが純粋な疑問を口にする。

「そう。昔のお坊さんって大学教授みたいな役割も兼ねてたんだ。いろんな研究したり、すぐれたものを世の中に広めたり。インゲン豆を日本に伝えたのも黄檗宗《おうばくしゅう》を開いたお坊さんだったんじゃないかな。たしか隠元和尚って呼ばれていた」

記憶を頼りに僕は言う。黄檗宗は仙台四代藩主伊達綱村が帰依し、伊達家の菩提寺としたことで妙に覚えていたのだ。

そんな話をしながら石段を登っていくと、入り口の脇に「エレベーターあります」の看板があり、その隣には大きな液晶モニターにお城をモチーフにしたキャラクターが僕たちを出迎えてくれていた。

「……なんていうか、すごい近代的だわね……」

内部は、お城というよりもまるで博物館のような感じだった。

二人分の入館料を払って足を踏み入れると、かみのやま温泉の歴史を解説するスペースが広がっていた。月秀《げっしゅう》という旅の僧が、この地で湧いていた湯に鶴が傷ついた脛《すね》を浸けて休んでいるのを見つけたのが最初らしい。なるほど、薄暗い室内で明かりに照らし出された鶴と僧侶のオブジェは、なかなかムードがある。物語のそのシーンを表現しているのだろう。

「へえ～。温泉を見つけたきっかけは、足を悪くした鶴だったんだ～。だから鶴のオブジェが、街のあちこちにあるのね」

ワカが納得した顔で頷いている。そんなオブジェがあったことにすら気がつかなかった僕は、自分の観察力のなさに心の中で苦笑しながら、次のブースへと歩を進めた。

しかし、和やかな雰囲気はそこまでだった。

ブースに足を踏み入れた瞬間、妙な緊張に包まれた。

……なんだろう、このグッと迫りくるような空気。ワカを振り返ると、彼女もこれから足を踏み入れる空間を、ジッと見つめている。息を詰めて、歩を進めた。


ぶおー！


「うわっ、なに！」。いきなりの大きな音に、僕はビクリとする。

「法螺貝《ほらがい》の音ね。演出なんじゃない？　だってほら」

妻が立て看板を指さす。

ブースの名は「蔵王修験の世界」。まったく芸が細かい。見ると等身大の山伏の人形が「今や遅し」と待ちかまえていた。まるで生きているかのようにリアルだ。まじまじと人形の顔を見ると、気のせいかその目がキランと光ったように見えて、僕は固まる。そして悟った。「これは誘導されていたのではないか」と。

僕は日頃から思っている。大事な出会い、運命の分岐点、大きなきっかけとなる場所、そういうことは、ほとんど神や仏、いわゆる目には見えない大きな何かに操られているんじゃないかと。そう、西遊記の孫悟空が仏様の手のひらの上で踊らされていたように、だ。

いくら人間が文明を進歩させようが、科学を発達させようが、抗えないものがある。それを人は運命と呼んだり、神の意志と呼んだりするが、要は人間がコントロールしえないことは存在するのだ。

だけどそんな感覚を覚えるということは、自分がちゃんと神の意志に沿って動けている証しでもあるわけで。だから僕はそう感じたときは素直にその感覚に従うことにしている。というか、直感を無視して動くと後悔が残ることが多かった経験から、それを学んだ。

「ここ、来るべきしてきちゃったって感じがしてきたわ」

ワカも僕と同じ感覚を有しているらしい。ほら、やっぱり。

「大体さ、最近、多すぎない？　修験道に関わる人との出会いが」

「まあ、そうだけど」

そうなのだ。ワカの言う通り、その手の出会いが多すぎる。山形でお寺の住職をしていたおじいさん。即身仏をお守りする人。山伏の祖父を持つ映像監督。山岳訓練をまるで山伏の修行のようだったという元自衛官など。最近、山岳信仰に関わる人との出会いがハンパない。これは偶然だろうか？

「そもそもさ、タカのおばあちゃんが信仰してたのも山じゃん」

ワカに言われてハッとする。

「確かにばあちゃんは死ぬ少し前まで、月山に登っていた」

僕が神仏についての本を書くようになって、改めて祖父母の家の神棚を確かめると、「出羽三山」と書かれた大きな神札が祀られていたのだ。小野寺家は先祖代々、山岳信仰だったのである。

僕たちはおずおずと歩を進めた。左右に生い茂る木々と薄暗い照明が、修験者の道を絶妙に表現しており、否応なく山に入り込む気分になってくる。

左手に蔵王権現の像が見えてきた。右手に三鈷《さんこ》を掲げ、左手は腰のあたりで印を結んで右足を蹴り上げる独特のポーズが蔵王権現《ざおうごんげん》の特徴だ。そして頭髪を逆立てた憤怒の表情なのにも理由がある。修験道の開祖、役行者《えんのぎょうじゃ》が千日の修行で仏の出現を願ったことで釈迦如来《しゃかにょらい》、千手観音《せんじゅかんのん》、弥勒菩薩《みろくぼさつ》が現れたが、優しい顔だけでは混乱した世を正せないと言ったところ、雷鳴とともに現れたのがこの蔵王権現なのである。世のため人のためには、憤怒も必要ということだろう。

「ひひひ。蔵王連峰っていう名称もねえ、この権現様から名付けられたんですよ」

声のするほうに顔を向けると、ニタリとした笑みを浮かべて、ひどく痩せたおじいさんが近寄ってきた。真っ白な短髪に、曲がった腰。まるで、『ノートルダムの鐘』

みたいな印象を受ける。っていうか、いつのまに？　こんなに近くに寄るまで、全然気がつかなかった。

「ああ、驚かせたかな。私はここでボランティアをしている、三津川といいます」

そう言って首から下げているボランティアガイドのカードを掲げて見せる。

「これがあるから声をかけやすいんですよ。じゃないと、ただの怪しい年寄りじゃないですか。ひひひ」

いや、カードがあっても怪しい感じはするけれども、それでも霊とかではないらしい。まあ、よく見ればただのおじいさんだった。

ほ、よかった。

「こちらでガイドをしているんですか？」

ワカが三津川さんに聞く。

「そう。こう年を取っちゃ、毎日することがないからねえ。こうやって来てくれる人を案内しているんですわ。いろんな人と話せて楽しいし。それにほら、若い人と話すとまた新しいことが知れるでしょう？　これがまぁ楽しくて寿命も延びるんですわ。ひひひ」

そう言って、またニタリ。

「と、ところで、蔵王連峰ってもともとの名称じゃないんですか？」

僕は純粋に疑問を投げかけた。山形蔵王という名称は慣れ親んでいたせいか、実際の山の名称だと思っていたからだ。

すると三津川さんはゆっくりとした口調で説明を始めた。

「蔵王ってのは、あくまでも連峰の呼び名であって個々の山の名称じゃないんですわ。このあたりの山なんかは昔々、忘れずの山なんて呼ばれていてねえ」

「わすれずの……やま？」

「そう。今でも不忘山っていう名称の山が残っているんだわ。聞いたことないかい？宮城県側の山だからなじみがあると思うんだけども」

「あっ、あるかも」

僕はパンと手を叩いた。山形大学に入ったのをきっかけに始めたスキーのおかげで、山の名前には少しだけ詳しい。僕は記憶をたぐり寄せる。

「そんな忘れずの山々に修験者が集うようになって、祀られたのが蔵王権現なんですわ。そのお名前からこのあたりの山々を総称して、蔵王連峰って呼ぶようになったんですよ」

仏様の名前を頂いた蔵王連峰。うーん、修験者たちの修行の場としては確かに相応しい気がする。なんだか、一気に畏れ多くなったような気がして、僕たちは蔵王権現の像に向けて恭しく手を合わせた。

その瞬間だった。

背中になにやら視線を感じた。その妙な気配に一瞬躊躇するも、やはり見ずにはいられない。恐る恐る振り向くと……、そこに彼女がいた。

口を開けて怪しげに微笑む老婆の石像。あぐらをかくように座り、はだけた着物から垂れた乳房があらわになっている。左手に花を持ち、右手で僕たちに「さあ、こっちにおいで」と、手招いているようだった。

案内板には「清水の姥神」と書かれている。

「しみずの……うばがみ……」

僕がつぶやくように読むと三津川さんは、

「ああ、これはねえ。このあたりの地名で『おしず』って読むんだよ」

と教えてくれた。

説明書きによれば、蔵王の登拝者に古くからあがめられてきた仙女で、あの世とこの世の境にいて橋渡しをする役目を担っているらしい。あの世とこの世の境と聞けば、三途の川が思い浮かんだ。その橋渡し役とは……、なんとまあ恐ろしい。僕はブルッと身を震わせる。

だけどなぜだろう、妙に惹かれる。怪しげな、謎めいた魅力のある仏様、いや神様だろうか？

「この姥神の像は、蔵王連峰の山々の登り口に置かれていたんだわ」

「登山道の入り口ってことですか？」

僕が聞くと三津川さんはコクリと頷く。

「そう。蔵王にはいくつもの登り口があって、この姥神像は蔵王坊平《ぼうだいら》の御清水《おしず》というところにあるもののレプリカなんだよ。昔は蔵王も女人禁制だったから、その境に置かれていたんだわ」

「それはつまり、ここから上はあの世に通じる世界だぞって意味なんですかね？」

「ひひひ、そうかもしれないねえ。私が子どもの頃は、山で遊んでてこの像を見つけると怖くなったもんだわ。だって、あの世に連れてかれたらたまったもんじゃないよねえ」

なるほど。だからあの世とこの世の境にいる姥神がそこに座り、警告を発していたのだろう。それと同時に希望者にはあの世への橋渡しをしてくれるというわけか。僕はゴクリと唾を呑み込む。気づけば得体の知れない緊張で、喉がカラカラに乾いていた。

実は現代の登山スタイルは、近代になって西洋式が広まったものだ。西洋では「山を制する」という言葉通り、自然すら人間が制することができるという意識が根底にある。

だけど日本では古来より山は聖なるものであり、人間が立ち入ってはならない神域とされてきた。だから山に登るのは修行をする修験者や狩猟を生業とする人など限られた者たちだけだった。そして山に登る行為は、神様に拝することを意味し、「登拝」とも呼ばれた歴史がある。

だからこそ、そんな危険な領域に女性を入れないようにと女人禁制とされた山は多い。自然とはそれだけ危険で恐ろしく、それでいて神聖で敬うべき対象とされてきたのだ。

「あの……おじいさん。こういう姥神様って、このあたりだけなんでしょうか？」

それまで黙って話を聞いていたワカが突然尋ねた。三津川さんは「いんや、いんや」と首を横に振った。

「姥神信仰は全国にあるんだよ。これはその中でも奪衣婆って呼ばれているおばあさんになるんだわ」

「だつえば？」

「そう。その名の通り、衣を奪うばあさんという意味で、三途の川の畔に座っている んだわ。それで、死んだ人がやってくると着ている衣を奪い取って木に吊るすの。私が聞いたところでは、枝の曲がり具合でその人の生前の罪の重さを量るとかなんとか……」

「マジか、怖っ！」

僕は悲鳴を上げたが、ワカは黙ってなにやら考え込んでいる。

そんな僕らを見て、三津川さんがまたも意味深に笑う。

「まあ、これもご縁でしょうから、いろいろご覧くださいな。ごゆるりと。ひひひ」

そう言って奥の特別展示室のほうへ消えていった。そこには期間限定展示として、ひなまつり展が開催されていた。きらびやかなひな人形が飾られているのを遠くから眺めながら、自分のいる「蔵王修験の世界」との間にこの世とあの世の境界があるような錯覚にとらわれる。

この世とあの世は表裏一体。僕たちが生きている世界の、すぐ隣に別の世界が広がっていても不思議じゃない。

その二つの世界を取り持つ奪衣婆。

亡者の衣を剥いでは罪の重さを量り、その後の行き先を決める。

天国か、はたまた地獄か……。

三途の川の渡し賃がなければ、それすらも罪に加え、あの世の行き先を決める役割を担うことから、閻魔大王の妻との噂もあるという。いわば地獄のファーストレディーというわけだ。


「エライもの知っちゃったな」

車に戻ると、僕は率直に気持ちを語った。そしてフーッと大きな息を吐く。

「ほんとね。ただのドライブだったのに、まさかこんな出会いがあるなんて」

「ただ、怖さのなかに、抗えない魅力を感じて不思議だったよ。なんだろう、この感覚。これまで多くの神仏を学んできたのに、そのどれにも当てはまらない」

残っていたアイスコーヒーをズズッとすすりながら妻を見ると、彼女は助手席でなにやら眉間に皺を寄せている。

「ワカ、どうしたの？」

「いや……私たち、宮城から来たなんて言わなかったのに、なんであの三津川っていうガイドさん、宮城県側の山だからなじみがあるんじゃない？　なんて言ったのかしら」

　え？

「それに、あのおばあさん……奪衣婆？　あれに似た人に……どこかで会ったような……」

「はあ？　会ったことがあるって、奪衣婆に？　バカ言うなよ」

　僕はたまげて、つい声を荒らげる。ワカも慌てて僕を制した。

「いや、そうじゃなくてさ。似た人よ。考えすぎかもしれないけど、みすぼらしい着物姿の小柄なおばあさん。昔、バス停とか駅とか、そんな場所にポツンと座ってた。なんでひとりであんなところにいるんだろうって、不思議だったもん。タカも見かけたことない？」

「ないないないないないっ！」

　僕は手と顔を同時に振って否定する。

「それっていつの話？」

「小学生とか、子どもの頃よ。だけど……最近も見た気がするわ。別人かもしれないけど、似た雰囲気のおばあさん」

　ワカが頬に手を当てて思案げに語る。

「いやいやいやいや、ちょっと待ってよ。同一人物なはずないだろ、勘違いだって。もしそうならその人、一体いくつになるんだよ」

それでもワカは、

「そりゃそうなんだけどさ。本当にいたし、見たのよ私」

と、どこか納得いかない様子だった。

いや、仮に見間違えじゃなかったとしたら、現世にも奪衣婆という姥神がいるってことなのか。生きている人の犯した罪を量り、その後の行く末を決める現代版奪衣婆。そんな存在がいたとしたら、人は会いたいと思うのか？

少なくとも、普段の行いに自信のない僕はご免こうむりたい。

だけど、それはそれでちょっと興味のある話ではある。ぶっちゃけ他人のことなら。

「いやはや、まいったがね！」

「あっ！　ガガ！　ちょっと、あなたね。私たちが上山城にいたときどこにいたのよ？　呼んでもちっとも来ないでさ。まさか、怖くて逃げてたの？」

ワカが怒ったように言う。おいおい、龍神相手に「逃げてた」だなんて、キミなんてことを。

しかし、僕の心配をよそに、偉大なる龍神はふふんと不敵に笑った。

「おまえにしてはいい勘をしているではないか。ああ、その通り。我は身を隠したのだ！　おまえら人間どもにはわからんだろうがな、このあたり、いやこの日本には脅威になる存在が多くいるのだよ。特にこのあたりは畏れ多い場所だからな。我は小さくなってひとり震えていたがね。お〜、ぶるぶるぶるぶる」

そんな大げさな。

ワカもにわかには信じられないという表情である。

「ん？　おまえら信じていないな。例えば、ほれ……今あそこにもヤツがいるがね」

偉大なる（こうなっては偉大なのかそうじゃないのかわからないけど）龍神ガガは、大きな爪を道の向こうに向けた。

ヒュウ。一陣の風が吹く。

道の端には、お地蔵様がぽつんと立っていた。

「おまえらに告ぐ。くれぐれもこの世界を舐めないことだ。たとえ地蔵一体ですらな」

偉大なる龍神の声が、風に乗って響く。

第2章

類《るい》子《こ》

「それにしても、奪衣婆って呼び方自体がすでに脅威だよね。衣を奪う婆さん……羅生門かって思っちゃうよ」

ハンドルを握りながら、僕は呟く。もうすっかり日が暮れている。奇妙な存在に心を奪われて、あっという間に時間が経ってしまった。春遠からじとはいえ、やはりまだまだ肌寒い。昼間とは一転、今度はコンビニで熱いコーヒーを買って飲みながら、家路を急ぐ途中だった。

「それにさっきスマホで調べたら、奪衣婆は閻魔大王の妻っていう説を発見した」

「え〜？　もう調べたの、タカ。はやっ」

ワカはそんな感じで驚くけど、気になることは速攻で調べずにはいられないのだ。もう、早く資料を取り寄せて貪り読みたい。いい資料があればいいのだけど、と僕は思う。

「っていうか、閻魔大王って独身じゃなかったんだ？　妻帯者なのね、ははは」

おかしそうにワカが笑った。って、反応するところ、違うから！

ま、真実かどうかはわからないにせよ、「もしも」の話としても興味深い。

閻魔大王といえば、頭には宝冠を戴き、だぶだぶの役人服を身につけて手には杓を持ち、死んだ人の罪を裁く、まさに人間界の裁判官を思い起こさせる存在である。だけど実は、その罪の軽重を量っているのが妻だとまことしやかにささやかれるならば、なんというか妙な親近感を覚えるのも正直なところだ（特に恐妻家、いや愛妻家の僕にとってはなおさらである）。

するると、その愛妻がパチンと指を鳴らした。

「そうだ、思い出した！　子どもの頃に読んだ昔話に、閻魔大王の話があったのよ。それが私、妙に好きでさあ。三人のあばれものの話、知らない？」

「知らない。どんな話？」

僕がそう返すと、ワカがうれしそうに話を始める。

「すっごいおもしろいの。医者と山伏と鍛冶屋の三人がいてね、死んだ後に閻魔大王の前に引き出されるのよ。で『おまえらは、生きているときにロクな行いをせんかった』って地獄行きを命じられるんだけど……」

妻によると話はこうだ。

剣の山を歩かされると、鍛冶屋が鉄の草鞋を作ってサクサクと渡ってしまう。熱湯に入れられると山伏が唱えた呪文で、いい湯加減になってしまう。業を煮やした閻魔大王が三人をペロリと呑み込んで、もはやここまでかと思うも、なんと医者が腹の中で笑いの筋を引っ張るものだから、さあ大変。笑いが止まらなくなった閻魔大王は、たまらず三人を吐き出して、こう叫ぶ。

「えーい、おまえらみたいなハチャメチャなやつらはこの地獄には置いておけん！　出ていけーって、極楽へ追い出しちゃうわけ」

「あはははは。そりゃ閻魔大王も形なしだ」

思わず僕も笑った。だけどなんだろう。人間の罪を裁く恐ろしい存在にもかかわらず、閻魔大王にはなんだかユーモラスなイメージがあるのは気のせいか。

僕がそれを伝えると、ワカも「言われてみればそうだわね」と首肯した。すると、

「おまえらバカだな」

ストレートな物言いでガガが呆れたような声を上げた。

「何よ、人をバカ呼ばわりして。ってか、私たちなにか変なこと言った？」

ワカが口を尖らせる。

「ちょいと聞くが、閻魔大王はどうやって罪を裁いていると思うかね？」

「そりゃ、その人の生前の行いによって……ん？」

そこまで言って僕は「はて？」と思う。

僕たちの行いを、一体誰がどこで見ているというのだ？　そもそも閻魔大王は、その「情報」をどこから得て、罪を決定するというのか？

裁判所で報告される案件を審議する裁判官の役割が閻魔大王ならば、裁かれる者の日頃の行いを探る検事の役目を担う存在がいるはずなのだ。僕が思案を巡らせていると、我が意を得たりとばかりガガはニヤリと笑う。

「その意味では、罪を犯す者たちが本当に恐れるべきは、閻魔大王よりもそっちの存在かもしれんぞ」

そう言われてハッとする。確かに日本は八百万の神々というだけあって、全国に15万を超える寺社があり、至るところで神様や仏様が見ていると言われても不思議じゃない。そうやって常に見えぬ存在に監視されているとしたら……。

うわ、マジか。

ハンドルを握る手にじわりと汗がにじんだ。あのぉ、僕はなるべく人畜無害に生きていますので、どうぞお手やわらかにお願い致します、と心の中で手を合わせた。

「そう考えると閻魔大王は死んだ後に会うだけだから、ユーモラスに描かれることが多いのかもしれないわね」

「それに、あんまり怖がらせないようにとの配慮があるのかもしれない。だってやっぱり地獄って怖いじゃないか」

衣服の重さで罪を量る奪衣婆がいるように、日本のいたるところで僕たちの行いを観察し、時にはそこからヌッと現れては、僕たちの身の回りに影響を与える見えない存在がいるのだ。それぞれの役目を担いながら。「神仏はなんでもお見通し。だっていつでも見てますから」なんていうけれど、これまでは漠然と空から見ているのだと思っていた。だが、灯台下暗し、意外と神仏の目は身近にあったわけだ。街の治安を守っている警官そのままに。

警官といえば……と、僕はあることを思い出す。

「あ、そういえば源さんの件ってあれからどうなった？　警察の事情聴取の話」

僕の言葉にシートからガバッと起き上がったワカが、

「そうそう！　それよそれ！」

と、声を大きくした。

源次の場合

まいった、まいった。えらい目に遭った。

泉警察署の玄関を出ると、うーんと大きく背伸びをする。面と向かって警察官と話すだけでも緊張するのに、薄暗くて無機質な取調室で、しかも長時間にわたって状況を説明……正しくは事情聴取だ。長いこと生きていれば大抵のことには動じなくなったが、さすがに今回ばかりはこたえた。今はとにかく早く家に帰って休みたいと、源次は普段は使わないタクシーを拾う。運転手に自宅の住所を伝えると、シートに身を沈めた。

そもそも事の発端は、ある男の相談に乗ったことだった。

私は山村源次《やまむらげんじ》。山村建設という小さな建設会社の社長をしている。とはいえ、正式な従業員は女房ただひとりで、あとは地元の作業員を期間で雇って細々とやっている町の小さな土建屋だ。けれども若い頃に大手ゼネコンで営業をしていた経験からか、なんだかんだと仕事には事欠かない。どんな小さな仕事も丁寧にやってきたかいがあったと、この歳になって感じている。

そんな私が、相沢民夫《あいざわたみお》と出会ったのはちょっとした偶然からだった。

私には日常の些細な法律相談をしている古い付き合いの先生がいて、民夫ともそこで出会った。その先生は街のとんち屋というか、来る者は拒まずの精神で多くの人の話を聞く人だったから、東日本大震災で被災し、津波で農園を丸ごと失ってしまった民夫も、どこかで噂を聞きつけて駆け込んだのだろう。たまたまその相談室で顔を合わせて知り合ったが、のちに建物の修繕を請け負ったのがきっかけでなんやかんやと付き合いが多くなった。愛想がよく、人懐っこいところもあるかわいい男ではあるが、いかんせんケチで見えっぱりな部分があるのが気になっていた。中古の外車を安く買い叩き、修理を重ねて騙しだまし走らせ、また壊れると車に詳しい知人に頼み込んで安く修理をさせるようなところがあった。しかも、普段の移動に使っているのは軽自動車で、誰かと会うときだけわざわざポンコツの外車を乗り回す。すると、またエンジンの調子が悪くなり、余計な金がかかるということの繰り返し。

外面を気にし、そして都合が悪くなると機嫌を損ねる幼稚な男だったが、それでもうちと同じで家族で細々とやっているのを見ると、ついつい助けてやりたくなるのが私の悪いくせ。だから向こうが金に困っていることがわかると、修繕費を心ばかりサービスしては女房にこっぴどく叱られる。

「まったくおまえさんは人を見る目がないんだから！　ありゃ、ただのケチな一家なんだよ。そこまでやってやることないのに、お人好しにもほどがある」

そう。お人よしにもほどがある。

それが私に対する女房の口癖だ。だけど、人の心はまず信じてみなければわからないというのが私の信条。だから、仕方がない。私はずっとそうやってきたのだ。

しかしまさか、それで足元をすくわれるとは……

「山村源次さん。すみませんが、相沢民夫さんの農園の件で話を聞かせてください」

事務所の玄関先に、突然二人の刑事が現れたときには、さすがに動揺した。

そもそも、刑事がやってくるなんて、普通に生活していたらまずないことだ。

何が起きたのかはわからなかったが、抵抗しても仕方がない。まずは、玄関先で素直に話を聞いた。そして、さらにたまげた。なんと私が、民夫に対して詐欺を働いたことになっているではないか。

「源次さんに折り入って相談があってさ。ちょっと聞いてくれねえか」

そう切り出されたのはどれくらい前のことだっただろうか。

東日本大震災から数年が経ち、民夫の農園は山沿いの小さな町に移り、再開していた。広い土地で野菜を育て、鶏や山羊を飼い、地域の使われていない建物を事務所代わりにしているようだった。それらはすべて地主から借りているという。きれいに手入れされた広い敷地にログハウス風の空き家を含めると、経費もなかなかではないだろうかと想像した。

「地主のやつが、金を要求してきやがった！」

え？

憤慨した口調で放たれた言葉の意味を、私は一瞬考える。土地家屋を借りていれば賃料を払うのは当然だ。では、よほど法外な金額を請求されたのだろうか。もともとの賃料の倍払えと言われたら、それは「ちょっと待ってくれ」と言いたくもなるだろう。興奮した民夫は、顔を真っ赤にして唾を飛ばして続けた。

「あの欲たかり地主め！　最初は、金はいらない、ここでよければ民夫さんが好きに使ったらいいと言っていたんだよ！　それを今さら、やっぱり金を払えとはどういうことだ」

タバコをアルミの灰皿に押し付けて消すと、テーブルをバンと叩く。タバコの灰が舞った。

「ええ？　民夫さん、じゃあ今までは、ここをタダで借りていたの？」

私はたまげて聞く。そんなバカな。これだけの敷地を、無料で？

「そうだよ」

「……で、いったいいくら払えと言ってきたの？」

私が聞くと彼は指を三本立てる。30万か、と思ったとき民夫は、

「3万」

と言った。えっ？

「サンマンって……、3万円かい？」

「そうだよ。こっちは何もかも失った被災者だぞ。もともとタダで使っていいというからここに来たっていうのに、話が違うだろうが！」

私はこのあたりの土地の相場について考える。いくら中心街から離れているとはいえ、この規模の土地と家屋で3万円は破格の安さだ。しかも、当初の約束通り数年間はすべて無料で貸してくれているのは事実のようだった。

ただ問題は大いにあった。まず、正式な契約を結んでいない点である。1年ほど前に書面で正式な契約を結びたいと地主側が意思表示していたものの、民夫側はこれを拒否。それどころか、返事もせずに放置していたというのだ。しびれを切らした地主側は、ついに弁護士を立て、話し合いの場を設けようと画策したが、これも無視。いくら「タダで使っていいといった」のが本当の話でも、こうなるといろいろ面倒だ。

口約束のみで事実上は「不法占拠している」とされても、なんの文句も言えない状況だったのである。

さすがに状況は最悪だ。私が頭を抱えたときだった。

「地主さんが怒っちゃって、ここを出ていってほしいって言ってるみたいで……なんとか助けてもらえませんか？」

お茶を差し出してきた声に聞き覚えがあり、顔を上げる。

「あれっ、あんたは？」

民夫と出会うキッカケとなった法律の先生の事務所で、何度か会ったことがある女性だった。たしか、名前は……。

「門倉《かどくら》です。源次さん、お久しぶりです。私、ここで働いてるんですよ」

50歳前後とおぼしきその女性は、控えめな笑顔を向けてくる。

思い出した、門倉さん。たしか、名前は類子《るいこ》といっただろうか。先生の娘さんと仲が良かったはずだ。それで私も何度か顔を合わせて知っていた。そう考えると、まあこれも縁かもしれない、やってやるかという気持ちになる。その地主に交渉に行くくらいなら、大した時間も取られないだろう。

そう思ったのが間違いの始まりだった。

私は地主に会いにいった。あれだけの土地を持っているのだから、さぞ羽振りがいいに違いないと思っていたのだが、実際は想像していたのと違い、その地主は齢《よわい》80を超えた独り暮らしの老人だった。震災後、土地を失った牧場や農園の経営者を見て、自分が役に立てるならと、そういった相手に土地の提供を率先して行ったのだという。そして、話を聞く限り、たしかに初めの何年かは賃料を取らない約束だったが、5年近くが経ち、民夫の農園も雑誌に掲載されるなど話題になってきたのを知ると、そろそろ正式に契約したいと考えて、それを申し出たらしい。しかし、契約といっても、農地の固定資産税ほどの賃料で構わないというのだから、驚くほどに良心的な話だった。

しかし、それを聞いた民夫は、

「冗談じゃない、農園ってのはえらく経費がかかるんだ。一円も余裕がないんだよ。大体、アンタがただで使えと言ったんだよ。それを今さら金を払えとは、ひどいじゃないか！　ふざけるな！」

そう言って激高したという。あまりの怒声に近所の住民も気がつき、止めに入ったほどらしい。数年間善意で借してもらっていることへの感謝の念どころか、年老いた地主は罵詈雑言を浴びせられ、大きなショックを受けたという。

もちろん地主側の一方的な話ではあるが、想像はできた。おそらくそうだろうなと納得してしまう自分がいる。人間は普段の行いで心証が決まるものなのだ。

そんなことを思い出して、ため息をつく。薄暗くて無機質な取調室、おまけにひどく座り心地が悪いパイプ椅子で尻が痛くなり、ますます気分が滅入ってくる。

「先方は、地主とあなたが結託して建物の修繕費を巻きあげたと騒いでいまして……」

警察もどこか渋々ながら調べているムードだった。「なんせ今話題の農園が、詐欺の被害に遭った！　と、警察に乗り込んで被害届を出しちゃったんです。なので、一応こちらとしても話を聞かないわけにはいかなくて。すみませんね、山村さん」と、申し訳なさそうに言われればこちらも話さざるを得なかった。

私は、これまでの民夫との関係を、洗いざらい話した。

何度か建物や農園の修繕を請け負って、その代金を受け取ったこと。相談に乗って交渉は請け負ったが、民夫の振る舞いに憤る地主との交渉はうまくいかなかったこと。私が地主に気に入られて、仲良くなったこと。しかし、それで金銭が動いた事実は一切ないこと。

そして……結果として民夫一家は地主が起こした裁判による強制執行で土地を追い

出されることになったが、それには一切関知していないことを、ひとつひとつ根気強く説明した。

聞けば、民夫は警察署に何度も怒鳴り込んだらしかった。

自分は悪くない。あいつらが結託して俺を陥れようとしたのだとまくし立て、結果的にまあまあ相沢さん、話くらいは聞くから落ち着いて、ということになったのだという。とりあえず、私の話は理解してもらえて、警察もそれ以上のことはしなかった。

ただ、警察での最後の言葉が妙に心に引っかかった。

「それにしても山村さん。あそこの従業員の門倉という女、ありゃとんだ食わせもんですよ。いやはや、翻弄されました」

あの女性が？　聞けば、どうやらほかにも何人もの関係者から事情聴取したらしいが、彼女の話だけがあっちへいったりこっちへ飛んだり、チグハグなのだという。周辺からは仲がいいと思われている相手を悪く言ったり、その逆もあった。行動と発言が一致せずその都度話が変わり、まったく要領を得ないらしい。

私は、「はあ、お巡りさん方も大変ですねえ」と言って、警察署を後にした。そして彼女、門倉類子の顔を思い出す。

どこにでもいる、普通の女性だと思っていたのだけれど……。

類子の場合

（どうして私はこんなに運が悪いんだろう）

門倉類子はため息をついた。夕暮れ時のマンションの一室。床に落ちているのは、求人情報が載っているフリーペーパー。何度もめくって、詳しく読み込んだせいでわら半紙のような薄いページはヨレヨレだ。スマホに『求人　仙台』と打ち込み、様々なサイトを見るものの、自分が希望するような職種はなかなか見つからない。たとえ発見しても年齢制限に引っかかったり、給料が安かったりでマッチしなかった。

外もだいぶ暗くなり、類子はようやく立ち上がって明かりをつける。腰が痛い。膝も肩もギシギシと痛んだ。ここ数日は単発のアルバイトをしている。大手のパン工場で立ちっぱなしの流れ作業、時給は1100円で8時間働いて1万円にもならない。

相沢農園のことを考える。一体どうしてこんな目に、と思う気持ちが止まらない。せっかくありついたちょっとカッコいい仕事先だったのに、土地問題が勃発して営業ができなくなってしまった。急に「しばらく来なくていい」なんて言われても困るのだ。

どうしよう。たぶんもう、あの農園はダメだろう。また惨めな仕事探しの日々に逆戻りしなければならないと思うと気が滅入る。貯金なんてないから、早く新しい仕事を見つけなければならない。だけど、やっぱりなにか特別な仕事がしたい。誰でもできる仕事じゃ、格好がつかない。

ああ、そんなことより。類子はブランド物のバッグから、これまたブランド物の長財布を手に取り、ファスナーを開ける。最近買ったもののレシートが出てくる。クレジットカードでの支払いはできるだろうか。リボ払いにしてあるから何とかなるとは思うけど、なんだってあんなくだらないものが欲しくなったのだろう。あんなに目につくところに置いてあるからいけないのだ。おまけにお店の人ときたら、「お似合いですよ」とか、「このカラーがこんなに似合うなんて素敵です」なんて甘い言葉を散々言って、こんなに高いものを買わせて……。

それにしてもついつい乗って気持ちが大きくなって断りにくくなったのは事実だけど、それにしたってあの商売はひどい。きっとブランドショップというものは、ああやってお客をおだててお金をむしり取っているに違いない。たかが服やバッグなのに、どうしてあんなに高いのだろう。ああ、やっぱりＮＯと言っておけばよかった。類子は爪を噛む。

そして、問題はまだあった。税金だ。固定資産税や市民税の督促が来ている。また、誰かに借りるしかないのだろうか。だけど、今度は誰になんと言って借りよう。親の入院費という名目も、急な医療代が、という言い訳も、もう使えないだろう。事故を起こして、それにちょっとお金がかかることになったと言ってみようか。もしかしたら、うまいこと援助してくれる人がいるかもしれない。

どうして必要なところにお金が回らないのだろう。私はずっと頑張ってきたのに。まじめにやってきたのに。なぜ、いつも私だけが嫌な思いをしなければならないのか。

何より警察から事情聴取されなければならない理由がまったくわからない。

「門倉さん、どうか本当のことを言ってくれませんか？　わかりませんとか知りませんでは、私ども困るんです。何があったのか、いや、あなたがどう思っているのかでいい。これまでのことを正直に話してください」

30代と思われる若い刑事は両手を組んでそう言った。

あなたがどう思っているのか、それを知りたい。そんなこと、自分にだってわからないのに、他人に話せるわけがないじゃないかと、類子は思う。

あなたの意見を聞かせて、と言われるのが昔から苦手だった。田舎の農家で育った私は、子どもの頃からおとなしかった。なるべく波風を立てたくない性格で、親や先生たちのいうことを聞いていれば叱られないことを知っていた。叱られなければ生きていきやすいし、衝突すると生きにくい。田舎では目立つと損をする。だから、本当はキラキラしたアイドルに憧れたり、きれいな服を着てチヤホヤされたい願望を押し殺し、目立たないよう周りに合わせて、ずっとこれまでやってきたのだ。

　聴取から数日が経ったというのに、あの陰鬱な空気が思い出される。取調室ではなかったものの、狭い小さな部屋で刑事と対峙するのは恐怖に近い緊張を強いられた。

「これまでのことを正直に話してください」

　刑事はそう言ったが、話せるわけがない。だから、私は適当にはぐらかした。

「私は友人からお願いされて、あの農園を手伝っていたんです。正直、それほど高いお給料をいただいていたわけではないので、農園が営業できなくなったのはとてもショックでした。少しでも力になれればと精いっぱいお手伝いしたつもりでしたけど……」

　嘘ではない。実際に私は友人を介して、あの農園で働き始めた。そして、そのときはまさかこんなトラブルを抱えた職場だなんて思いもしなかった。最初からわかっていれば、あんなところで働かなかったのに。不動産物件でいうなら、告知義務違反というやつだ。

刑事は腕を組んで唸る。何かを考えているようだった。大丈夫だろうか。うまくはぐらかせているのだろうか、それともバレているのか、まったくわからない。いや、きっと大丈夫だ。これまでだってうまくやってきた。目の前の人を敵にしなければ、だいたいのことは切り抜けられる。それには、同情を引くことがなにより重要なのだ。

「以前は保険外交員をやっていたんですけど……あるとき、顧客でもある友人から、あの農園のスタッフが足りないから手伝ってくれないかと強く頼まれて。さすがに掛け持ちは厳しいので、保険のほうをやめて農園のスタッフになったんですけど、まさかこんなことになるなんて」

刑事の前で私は大きなため息をついた。事情聴取は長かったが、なんとか暗くなる前には帰してもらえた。神経がすり減るとはこういうことかと、ドッと力が抜けた。

類子は膝を抱える。そして、思い出す。3年前のあの日のことを……。


あれは旦那と別れて間もない頃の話だ。近所のスーパーマーケットでにんじんを大量に買う女性を見つけた。3袋や4袋じゃない。ひとりで10袋くらいをわんさかカゴに入れている。キャップを深く被ったその横顔には見覚えがあった。

「あの……ワカさん？」

遠慮がちに声をかけると、キャップの女性は驚いたように振り向いた。

「え？　あ、もしかして、田島さん？」

私は曖昧に笑って頷いた。

「今は田島じゃないの……その……旦那と別れちゃって。いろいろあってね、今は旧姓の門倉になったの」

不幸気味なニュアンスをにじませつつ、私は言う。離婚しちゃったけど、頑張る私。傷ついたけど、なんとか乗り越えた私。ほんの少しの間に、なんだかいろいろと話している自分がいた。

「田島……じゃなくて、門倉さん。よかったら少しお茶でもしない？　せっかくだし」

ワカさんが誘ってくれる。離婚してから、あまり人と話していない。保険の営業でいろんな人と会うけれど、おしゃべり相手というわけにはいかない。家に帰ってもひとり、私は話し相手に飢えていた。だから喜んで頷いた。10分後、スーパーの中にある小さなカフェの狭い席で、私たちは向かい合ってコーヒーを飲んでいた。

ワカさんとは、以前通っていた乗馬クラブで知り合った。離婚する前、私は乗馬クラブに通っていて、そこのクラブハウスで彼女と何度か顔を合わせたことがある。

「なんか門倉さんって呼びにくいね、慣れないから。いっそ類子さんって呼んでいい？」

コーヒーカップを口に運びながらワカさんが言う。そんなこと言われると、特別な存在になったみたいでなんだか浮足立つ。これまでは少し遠い存在だと思っていたけど、話しているうちにそれは自分の勘違いだと気がついた。コーヒーをこぼして慌てたり、店員さんと仲良く話したり、普通の人で安心した。意外と近くに住んでいること、私たちが知り合った乗馬クラブにはもう通っていないこと、そのときのパートナーだった白い馬を引き取って、今は岩手の養老牧場に預けていることを知った。大量のにんじんは、牧場への差し入れらしい。なるほど、そういうことかと合点がいった。

これが、ワカさんと親しくなったキッカケだったのだ。ほんの30分ほどだったけど、その日を境になんだか運命がいいほうに変わりそうな気がした。

それからはスーパーで会うことが多くなった。いや、彼女が来るタイミングを無意識に狙ったのかもしれない。

はじめはたわいのない世間話だったけど、そのうちランチに誘ってくれるようになった。ひとりになった寂しさからも、少し解放された気がしていた。

ただ、ワカさんと知り合ったからといって、自分の悩みが解決したわけではない。問題もあった。お金だ。結婚しているときもそう楽ではなかったけれど、旦那と別れてからは生活が大変だったのだ。どういうわけかいつも家計が苦しくなってしまう。乗馬クラブも、街でスタッフに声をかけられて試しに行ってみたのがキッカケだった。たくさんの馬がいる非日常の雰囲気に酔い、スマートな男性スタッフの営業話術に負け、いつのまにか私はクラブに入会していた。新しいレッスンをすすめられると断れず、カードで払えばなんとかなるだろうと、旦那名義の家族カードを使ってやりくりしていたが、あるとき、限度額まで使ったことが旦那にバレて、カードを取り上げられてしまった。だから、クラブをやめるしかなかった。旦那が私からカードを奪ったせいで。

しばらくして、離婚を切り出された。もう私とはやっていけないという。これまで私が買い物した分の支払いは全部するから、お互いそれぞれ人生をやり直そうと言われ、離婚を要求してきた。私には旦那でなければいけない理由などもともとなかった。プロポーズされたからそれに応えただけだったが、あまりに一方的だと腹が立った。

とはいえ、イヤだというのもしゃくだったし、未練がましい女に思われるのもカッコ悪かったから、それを受け入れるしか選択肢はなかった。

マンションの部屋だけは私の名義に替えてローンの残りも払ってくれたが、その他の慰謝料はなし。子どもはできなかったから、養育費や生活費ももらえない。不動産にかかる固定資産税も払ってもらえない。こんなことなら、いっそ結婚などしなければよかったと思う。

離婚してからは仕方なく働かなくてはいけなかった。特段の資格も特技もない私は、保険の更新を理由に代理店に「離婚してしまい仕事を探している」ことを匂わせた。するると、外交員なら働き口があるという。すぐに、生命保険と損害保険などの一般資格を取得し、営業して回ることになった。ところが、保険というのはなかなか芳しい成果が得られない。だいたい、社交的でない私には向いてないのではないだろうか。成績は上がらず、これでは何のために働いているのかが全くわからなくなっていた。

困った私はある時、保険の話をワカさんにしてみた。というか完全にグチだったと思う。

「そりゃ類子さんも大変だね。まあ、力になれるかわからないけど保険ならちょうど入ろうと思ってたから、資料ある？　夫に話してみるよ」

なんと彼女はそう言ってくれたのだ。そして、すぐに自宅の損害保険に加入してくれた。それどころか、知人であるという農園家族も紹介してくれたのだった。そして、そこでは車の保険の契約をもらい、スタッフが足りないから少し手伝ってくれないかと言われた。それが、相沢農園だった。

助かったと思った。なんせ私は農家の生まれだから、保険の外交を続けながらここを手伝うくらいは自分にもできそうだったからだ。しかも、ここで顧客を見つけることができるかもしれない。バイト代はそう高くはなかったけれど、とりあえず表向きいい感じの仕事につけるだけマシだ。離婚した女が保険外交員で、毎月の営業にヒイヒイ言ってるのでは、あまりに世間体が悪い。家族経営とはいえ最近少し有名になってきた農園だったし、たまに地元の雑誌やテレビ局の取材が入ったりするから特別感があって、そこも私には居心地がよかった。やっぱりどこか特別に見られたい。そこで働いているといえば、周囲になんとか体裁は繕える。

農園で働くようになって間もなく、保険の営業をやめた。農園の仕事がハードで、体力がもたなかったからだ。それに、農園のお客さんは親切で、私がバツイチだと知ると、いろいろな差し入れをしてくれた。離婚の原因は私の金遣いだったけど、表向きは子どもができずに苦労し、それでもいろいろ頑張ったが、旦那が若い女と浮気をして捨てられたことにした。もちろんワカさんにもそう話してある。

ワカさんは私が働き始めてからも、いろいろと気にかけてくれた。

「仕事には慣れた？」

「こないだもテレビでやってたね、見たよ」

「ああ、お父さんの事務所に農園の果物差し入れに来てくれたんだね。ありがとう」

そうして、しばらくは仲良くやっていたのだ。

なのに……。

最近では電話やメールの頻度がだんだんと下がってきたような気がする。いつの間にか会う機会も減ってしまった。

（どうして？）

思い当たることはない。

あんなに親切だったのに、いつの間にか彼女の態度が素っ気なくなったのはなぜだろう。

もしかしたら、バレたのか？　私の嘘が。

そんなふうに悩みながらも日々が過ぎていった。悩みの中で何の前触れもなく、ふといろんなことが嫌になってくるときがある。

どうせまた仕事を探さなきゃならないのなら、まだカードが使えるうちに贅沢してやろうか。元の旦那が借金を払ってくれていたおかげで、自分のクレジットカードだけは今でもちゃんと使える。でも支払いはどうする？　たぶん何とかなるだろう。いざとなれば別のカードからキャッシングをしてそれを支払いに充てればいいし、最悪、誰かの前で困ってみせればいい。とにかく今のえも言われぬ焦燥感のようなものを、早く解消したかった。

バッグを手に取り、コートを羽織る。マンションのエントランスを出ると、夕方の空がきれいだった。西の空がオレンジ色に燃えている。帰宅時だけあって、いろんな人とすれ違う。学生、主婦、サラリーマン、買い物でもしてきたのか荷物を持って寄り添い歩く老夫婦の姿もあった。みんな、のんきなものだ。ここにこんなに不幸なひとりぼっちの女がいるのに、誰も助けてくれない。どうして世の中は平等ではないんだろう。私はこんなに頑張っているのに。

私は歩く。狭い路地を抜けるのが地下鉄への近道だった。地下鉄に乗れば10分ほどで煌びやかな街に出る。こんな日はデパ地下でオシャレな総菜を買っていいワインを開けようか。このくらいの贅沢は構わないだろう。それとも、シャレたＢＡＲに入って、酔えそうなカクテルを飲もうか……。大きな通りに出てひとつ目の信号を左に曲がれば最寄りの駅がある……はずだった。ところがなぜか、歩いても歩いても大通りに出ない。それどころか、さっきまであんなにいた歩行者がほとんどいなくなっていた。

おかしい、と思いつつそれでも私は歩を進めた。と、その瞬間に視野がパッと開け、そこには見慣れない光景が広がっていた。

夕焼けの街ではなく、そこは夜だった。暗がりにボーッと、朽ちたバス停が浮かび上がる。雨風に晒されて色あせたのか、小汚いベンチがバス停のそばに置かれている。そして、その横には一本の大きな木。妙に大きな木で、枝が異様に長かった。その枝が、まるで腕を差し出すかのようにベンチに向かって伸びている。

バス停の前には小さな駄菓子屋があった。アイスクリームが入った大きなクーラーボックス、瓶入りのジュース、そして明かりはなんと裸電球だ。今の時代にこんな店が？　夢でも見ているんじゃないだろうか。まるで昭和の迷路に入り込んでしまったようだった。どうしてこんな場所に来てしまったのだろう？

怖くなってあたりをオドオド見回す。ほかに人はいないのか、なぜ自分がここにいるのか。人の姿は見えなかったが、駄菓子屋から道路を挟んだ向かいにはシャッターを閉めた花屋らしき店や、商品を片付け終わった瀬戸物屋が並んでいた。

その隣の時計屋はまだ開いているようで、ガラス戸の向こうに古びた柱時計が見える。振り子時計の針がチクタクチクタク、振り子がゆっくりと左右に振れているのを見つめていると、まるで自分がタイムスリップしたかのようなおかしな感覚に陥った。

ひゅうと風が吹き、砂ぼこりが舞う。振り向くと、「倫敦《ろんどん》橋書店」と書かれた黄色い寂れた看板の本屋が目に入った。街の中の古い本屋、その佇まいが昭和感を一層かき立てる。

（本当にどこなの、ここ？）

戸惑いながらもどうにか心を落ち着かせようと、大きく息を吸って吐いた。すると、自分が肩で息をしていることに気がつく。どうやらだいぶ興奮して歩いていたらしい。だから道に迷って、こんなところに迷い込んでしまったのだろうか。きっとそうだ、そうに違いない。そんなふうに自分に言い聞かせる。かなりの量の汗をかいていた。興奮して歩いたせいなのか、体が熱かった。

ハンカチで顔を拭っても、まだ汗が滲む。暑くてたまらない。もうコートも脱いでしまおう。私はコートを脱ぐと、何も考えずにバス停脇のベンチの背もたれに掛ける。

そしてもう一度、この見慣れない景色を見回したときだ。

背後で何かがうごめく気配を感じた。そして、振り返る。

「ひっ」

思わず声が出た。

さっきまで誰の姿も見えなかったはずなのに。

背が丸まった老婆が、バス停のベンチにぽつねんと腰をかけている。

薄汚れたねずみ色の着物にぺたんこの草履を履き、長く伸びた真っ白い髪は後ろで無造作に束ねられ、怪しさと恐怖を一層かき立てる。

帰宅で賑わう時間帯のバス停に着物姿の老婆がひとりなんておかしい。汗ばんでいたはずの身体が急速に冷えていく。それどころか、足元から冷気がせり上がってくるような感覚すら覚えた。

必死に置かれた状況を理解しようと努めるが、現実はそれをあざ笑うかのように進行していく。

老婆の顔がこちらを向いた。目が合う。体の芯がゾクリとし、振り絞っても声が出ない。止まらない汗とは対照的に、喉はカラカラだった。どのくらい時が過ぎただろう。数秒か、数分か。時間の感覚が麻痺して、それすらわからない。

金縛りにあったように固まっていると、突然、老婆が思わぬ身軽さで立ち上がった。

あまりのギャップに呆気に取られていると、次の瞬間、ベンチに掛けられた私のコートを指先でつまみ、すぐそばの木の枝にひょいと投げた。

あ……なに？　何するの？　心でそう思っても声が出ない。

枝はグーンと大きくしなり、コートの袖が地表につくほどに迫る。よほど柔らかい木なのだろうか。折れなくてよかったと思った瞬間、鮮やかに脳裏に蘇ってくる光景があった。

……ああ、あれは昔よくみんなで通った駄菓子屋だ。

小学校のそばにあった駄菓子屋では、気さくなおばちゃんがいつもニコニコしながら、子どもたちと接していた。10円とか20円とか、そんな値段のお菓子が所狭しと並んでいる光景は子どもにとっては夢のような空間だった。百円玉があれば、たくさんのお菓子が手に入った。

私はよく10円のうまい棒と20円のゼリージュースを買っていた。ゼリージュースは、細い透明のチューブを齧って穴を開け、そこからチューチュー吸うのが楽しかった。

ある日、いつものように友達と店の中でお菓子を食べていたときのことだ。ひとりがあるクラスメイトの悪口を言い始めた。その子はみんなに優しくて、先生や男子たちからも人気があった。そして私も彼女が好きだったし、よく一緒に遊んだ。だけど、女子たちはその子の悪口で盛り上がった。

「ねえ、あの子ってハッポウビジンだよね」とか、「ちょっとカワイイからって、なんかいい気になってるよね」と、ほとんどやっかみに近い内容だったと思う。それを聞いて私は、「そんなことないよ」とは言えなかった。それどころか一緒になってその子の悪口を言って、みんなで笑った。

それから数日後のことだった。ひとりで駄菓子屋に行った私に、店のおばちゃんはこう言った。

「ルイちゃん、あんたあの子と仲いいでしょう? なのにどうして悪口言うの。あの子が聞いたら悲しむよ」

どうして今、あの時のことを思い出すのだろう。

「目の前の人に合わせてばかりいるとね、いつか必ず自分が困るんだよ。誰からも信用されなくなって、ひとりぼっちになってしまう。これからは気をつけなさいよ」

おばちゃんはそう言って、小さなラムネをくれた。だけど、私は何も答えられなかった。

しかし、それはおばちゃんの勘違いだと思う。だって目の前の人に合わせると相手が喜ぶことが多かったし、なにより楽なのだ。自分で考える必要も、大きな決断も必要ない。失敗したら相手のせいにできるし、責任を取らずにいられる。そう、私は何も悪くないいんだから。

きっとあんなこと言ってるから、子どもも相手の商売しかできなかったんだろう。そうに決まってる。私には私の生き方があるんだから、余計なことを言わないでほしい。結婚しようと言ったのは元旦那。離婚しようと言ったのも元旦那。乗馬クラブに入ったのも営業の人が私に強くすすめてくれたから。農園を紹介したのはワカさん。ここを手伝ってよと言ったのは、ケチで無責任な農園長。私はみんなの「こうしない？」に素直に応えてきただけ。だから私は悪くない。警察に、「ある友人が事の発端で、私は彼女の指示に従っただけなんです」と言ったのだって仕方がない。だって、ああ言わなければ警察は納得してくれなかったから。あの後、みんながどうなったのかなんて知らない。知りたくもない。

また、風が吹く。頬に感じる冷たさに、私はハッと我に返った。

「やめてください、コートを返して」

勇気を奮って声を出し奪い取るように、しなった枝からコートをつかみ上げると、土のついた袖口をパンパンと払って、老婆をにらみつける。精いっぱいの抵抗だった。

老婆はニタリと不気味に笑い、そしてふっと消えた。

気がつけば、私は賑わう街の中に立っていた。人々が行き交うなか、汚れたコートを手に、たったひとり……。

＊＊＊

「やっぱり着信拒否になってるんだよねえ、真相を聞きたいのに」

ワカは残念そうに電話を切った。

「そりゃ、出られるわけないだろ。大体キミからの電話は受けたくないんじゃないの？　あんなことがあったんだし」

僕は、やれやれという感じで答える。

「だいたい、門倉類子に電話しようという神経が僕にはわからん。源さんもだけど、キミだってひどい目に遭ったんだぜ。門倉類子の、悪いのはワカさんだーって告げ口で、悪者扱いされ、警察に呼ばれて、一部始終を説明させられた」

「まあ、そうだけどさ。源さんも言ってたけど、なかなかあんな体験ないわよ。こっちはあったことをそのまま話しただけですぐにわかってもらえたし。そのことに関しての備忘録をちゃんとつけていたから、ばっちり信用してくれた。あとは地主さんと相沢農園の問題だもの。まあ、強制執行されちゃったから、再開は難しいだろうけどね」

スマホを弄びながら、妻がちょっと寂しそうに言った。やっぱり、友人の裏切りがショックだったのだろう。口にはしないけれども。

「類子さんに連絡を控えたのも、余計な口出ししないほうが彼女も楽だろうと思ったからなんだけどね、気を回しすぎたか」

「まったくキミはお人よしだ。人がいいにもほどがある」

僕はハンドルを切る。そして、ふと思う。

「だけど、なんで源さんやキミが詐欺みたいに言われたんだろう？」

「そこなのよね、わからん」

僕たちが首を傾げていると、

「ふん。人の心の内には闇があるのだよ」

と、ガガが口を挟んできた。

「ん？　ガガ、どういうこと？」

「よく人はお題目みたいに『相手の気持ちを考えましょう』っていうだろう？　しかし、想像はできても他人の気持ちの奥底はそう簡単にはわからん」

「でもガガさん。お言葉ですが、例えば自分に置き換えてみたら、ある程度の想像ってできませんかね？」

僕の反論にガガがふふふ、と不敵な笑みを浮かべる。

「そこがタカの底の浅さだがね、おまえには深みがない。浅いのだ！」

浅くて悪かったですね、と僕は下唇を突き出す。

「いいかね、人は自分の考えに基づいてしか、相手の気持ちを想像できんのだよ。自分ならこう考える、自分ならこう思うはず、とな。しかし、人の思いは千差万別、同じ出来事でさえ感じ方は違うのだ」

「なるほど。それならなんとなくわかります」

僕はハンドルをタンと叩く。

人をさげすんでいる人は、相手も自分をさげすんでいると想像する。

人を陥れようと思う人は、相手も自分を陥れようとしていると感じる。

だから、相手に喜んでほしくておいしいお茶をご馳走したとしても、「ありがとう」と純粋に厚意と取る人もいれば、「恩着せがましいことをしやがる、何か裏があるのでは？」と勘ぐる人もいる。たしかにこれは、相手の気持ちを考えるうえで落とし穴になりかねないと思った。

「あーやだやだ、世知辛い。それじゃあ、相手を慮《おもんばか》る行為は危険ってことじゃん。夢も希望もありゃしない」

ワカがむくれたような顔で不満を漏らすと、

「ま、そこまで気にする必要はないがな。あくまで『そういうケースもある』くらいに考えておけばよいのだよ。被害者意識が強く、楽をしていい思いをしたいやつや、相手を陥れようとするやつほど陥るワナだが、おまえらみたいに気持ちがストレートに行いとなって出るスーパーバカなやつらはさほど気にする必要はない」

スーパーバカって……。これじゃ褒められてるのか、けなされてるのか、わからない。

「でも、僕たちには厳しく優しく教えてくれるガガさんがいて、ありがたいです」

僕は殊勝にそう言ったのだが、それに対してガガは牙を剥く。

「カー！　我の認識が甘かった。タカはスーパーバカではない。スーパーウルトラバカなのだ。いいかね？　我々はあくまで見えぬ存在だし、実体もない。神や仏も同じだ。ならば彼らはどうやって人間を導くと思う？」

「そりゃ……」と言って僕は口ごもる。なにかスーパーミラクルなことでも起こしてくれるのかと期待してしまうが、そんなことを言ったらさらにバカ扱いされるのは目に見えている。そんな僕の心の内を見透かすように、偉大なる龍神は続けた。

「我々龍神も神も、そして仏やそれに仕える者たちも、この世に生きる者たちの口を借りて教え諭そうとしているのだよ。ある者は教師から大切なことを学び、ある者は学校の先輩から、近所のおじさんやおばさんから教わることだってあるだろう」

「つまり、私たちの周りにいる人の言葉の中には神や仏の声が混じってるってこと?」

　ワカが驚いたように言う。

「さよう。だからこそ、多くの声に耳を傾けることだ。過去に言われた言葉をふと思い出すことで、今の自分の行いを正すきっかけになることもある。そんなときは、神や仏が関わっていることが実に多いのだ。そこで気づくか気づかぬか、右に行くか左に行くかで、その後の人生は大きく変わる」

　ガガの言葉にゾクリとした。それではまさに人生の分岐点ではないか。

　その後の人生が天国に続くか、それとも地獄に続くのか。まさにさっきまで話していた閻魔大王の裁きにも似た感覚を覚える。

　そんな僕の様子をおかしそうに覗き込みながら、

「まあ、あまり深刻に考えるな。常に道は分かれ、一回失敗したからといってすべてが決まるわけではないからな。少しずつ歩んでいけばいいのだ」

ほ、よかった。

「それにだな、内緒だが気まぐれに現れた神や仏が、生きている人間の姿になって、身を隠している場合だってあるのだぞ。くくく、怖いだろう」

ガガはそう付け足して意味深に笑った。


車はすでに宮城県七ヶ宿町《しちかしゅくまち》に差しかかっていた。江戸時代に羽州街道と奥州街道をつなぐこの街道沿いに7つの宿場があったことからその名がついたといわれている古い宿場町だ。道路を挟むように立ち並ぶかやぶき屋根の建物が、当時の雰囲気を今なお残している。

そういえば、こういう古い木造建築は地震の横揺れにも強い場合があると聞いたことがある。建物を変形させることでエネルギーを逃がしているという。昔の人の知恵はすごいもんだなあ。

「あ、そうだ。うちの地震対策、源さんにお願いしようよ」

「もう頼んでるわよ。今回のごたごたで遅れちゃったけど、来週にはやってくれると思うわ。そうそう、相沢農園の地震対策も全部格安でやってあげたらしいわよ。それを、自分たちは騙されたなんて騒ぎ立てて……ああ、もういいや。言わない、やめやめ！」

　ワカが手をひらひら振りながら、話を終わらせる。潔くやめるのもまた僕たちの生き方だ。

「源さんったらそんなサービスばっかりしてあげてるから、あの怖い奥さんに叱られるんじゃないの？　少しは自分の儲けも取らないと」

　僕が苦笑すると、ワカは「たしかに」とケラケラ笑った。

第3章

大工の正司

「タカくん悪い、5分ほど遅れそうなんだわ。勘弁して」

源さんからそんな電話があったのは、9時半を回ったときだった。約束の時間は10時だけど、なんせこちらはしがない物書き。だいたいが部屋で地味な作業を行う日々である。特段、誰かとのアポイントがあるとか、どこかに行かなきゃならないなんて予定はほとんどないから、つまるところ暇……いや、時間はあるのでなんら問題はない。

「こちらは大丈夫ですから、慌てず安全運転で」

そう言って電話を切る。

「そのくらいの遅れなら、別に気にしなくていいのに」

横で聞いていたワカが言う。

「というより、余計な心配かけないようにだよ。几帳面な源さんが時間に遅れたら、何かあったんじゃないかって心配になるだろ？」

「そうか。たしかにね」

ワカは納得したように頷いた。

源さんは常に相手の立場を鑑みて、その人の気持ちに寄り添う行動をする人である。そういうところが周囲から慕われる所以なんだろうなあ、と僕は思った。しばらくするとインターホンが鳴り、時計を見ればちょうど10時を指したところだった。

「いやあ、悪かったね」

源さんが手刀《てがたな》を切って、部屋に入ってくる。

「ってか時間ピッタリですよ。ところで、何かあったんですか？」

すると源さんは、「いや、ねえ……」と、白髪頭をポリポリと掻き、

「大工仲間の正司《まさし》ってのがいるんだけどさ。ちょっと歳は取ってるんだけど、腕はいいんだわ。だけどどうも頑固すぎるところがあってねえ。今朝もひと悶着あったんだよ」

そう言って、さっきの出来事を話し始めた。

源次の場合

8時半を回った頃だった。私は玄関で工具を確認する。今日はタカくんに部屋の地震対策を頼まれていた。準備を整えて玄関で靴を履いていると、女房が「ちょっとお

まえさん、これ忘れてるよ！　まったく本当におっちょこちょいなんだから」とスマホを押し付けてくる。おっと、危ない。現場仕事が多くて普段はそんなに使わないものだから、うっかり忘れることがある。それにスマホが鳴るのは何かトラブルがあったときが多いから、少しはいい知らせも欲しいものだと思った瞬間、スマホが着信を告げた。着信音は運動会なんかで流れるアレだ。「天国と地獄」といったか、なぜかあの曲を聞くと元気になるので孫に設定してもらった。

さっそく画面を確認すると、正司のところで働く元木《もとき》の名前が表示されていた。気難しい親方相手に根気強く働く彼に、私は好感を抱いていた。

「よう、モト。おはようさん。どうした？」

「源さん、助けてください。親方がまた揉めちゃって」

朝の挨拶を言い終えぬうちに、切羽詰まった声が飛んできた。聞けば、現場で近隣住民とイザコザが起きてしまったらしい。もう彼だけではどうしようもなく、藁にもすがる思いで連絡をよこしたというわけだ。

場所を聞けば、タカくんのマンションに行く途中だったので、急いで家を出た。

現場は大きな通りから細い路地に入った住宅街の一角だった。昔ながらの瓦屋根の家が多く、小さいながらもどこの家もきれいに手入れされた庭がある。そのうちの一軒の家の前で、困ったように腕を組む老人と、角刈り頭の初老の男が対峙していた。角刈り頭は正司で、目の前の白髪の男性を強い目でにらみつけている。まさか、正司が食ってかかっている相手は施工主か？　その横では、元木が困った顔で二人の動きを注視している。なにかあれば、すぐに間に割って入るためのポジションだ。

「どうもどうも～。おはようさまで～す」

私は右手を挙げて、あえて明るい声をかけながら歩み寄っていく。その声に二人が振り向き、元木がホッとしたように笑みを浮かべた。

話を聞いてみれば、どうやら原因は正司の怒鳴り声らしい。

正司は自分が正しいと思うことに異様にこだわるところがあり、それを少しでも逸脱されると声を荒らげるくせがある。今日も現場で朝っぱらから元木に向かって、

「そうじゃねえ！」

「道具の置き場所が違う！」

「説明の仕方が違うんだよ！」

と、大きな声をあげていたようだった。大声を出せば近所にも声を聞かれる。このあたりは悠々自適な隠居老人が多いから、多くの住民が一日中在宅している。いくら仕事とはいえ、朝っぱらから怒鳴り声が聞こえてくるのではたまらない。施工主が正

司に「近所迷惑にもなるから、少し声のボリュームを落としてくれないか」と話したというが、「大工は声を出すのも仕事だ」とか、「職人ってえのはこういうもんなんだよ」と、意に介さなかったらしい。

しかし、いくら本人がそれが正しいと思っていても、周りからしたら迷惑このうえない。だいたい他人を罵倒する声を聞いて、気持ちのいい人間はいないだろう。

そんな正司の勢いに押されてか、あからさまに苦情を申し出る人は少ないのだが、たまに面と向かって「気をつけてほしい」という声があがると、こうして揉めるのだ。そして表立った苦情はなくても二度と仕事はもらえず、最近よく正司の家族からグチを聞かされる。

そんな感じだから施工主の言い分はもっともで、朝早くから耳障りな怒鳴り声を聞かされてたまらずに注意したが、当の正司は、「俺はなんも悪くねえよ」と、聞く耳を持たなかった。

一方が自分の正義にこだわって譲ろうとしなければ、相手が頑なになるのは当たり前。間に入る元木がいくら頑張ったところでなすすべはない。

結局、着工初日ということもあり、施工主とも相談して私が別の業者を紹介することで話をつけた。正司はというと、

「ちぇ。こっちこそ願い下げだ、こんな不愉快なところで仕事はできねえよ」

と、タンカを切って帰っていった。

ひとり残され、施工主や近所の人たちに頭を下げて回っている元木には同情を禁じ得ない。

まったく困ったものだ……。私はひとりごちる。

正司の場合

（まったく日本人ってえのは、いつからこんなにアッパラパーになっちまったんだ）

軽自動車を運転しながら、心の中で毒づいた。

俺はいつも正しくありたいと思って、ここまでやってきたのだ。友人にも、家族にも、同僚に対しても正しさを教えながら頑張ってきた。だから誰かの発言が間違っていれば注意したし、おかしなことをするやつは遠慮なく叱り飛ばしてきた。それが俺の正義なのだ。

客に対するマナーがなってない店員には、しっかり指導してやる。バス停で割り込みをするようなバカモノは、怒鳴りつけてやる。道路の右側を走る自転車を見れば手を広げて停止させ、左側を走るように注意することを怠らない。電車は降りるほうが優先だというのに、先に乗り込もうとする輩がいたら、襟首つかんで引きずり出してやったこともあった。

こうやって俺は世の中を正しているのだ。誰もやらないすごいことを俺はやっている。

そう思うと、自分が正義の味方になった気持ちになってくる。そう、子どもの頃に憧れた正義のヒーローに今、俺はなっているのだ。世の中は悪いことだらけだから、誰かがやらねばならないことで、勇気ある行動と称賛こそされ、悪く言われる筋合いは毛ほどもない。

仙台駅前のアーケード近くを通ったときに、どこかの団体がシュプレヒコールを上げているのが目に入った。ここではよく、政治団体や人権グループが演説をぶっている。

「○○しなければなりません！」

「○○すべきなんです！」

何度も繰り返される語尾に、思わず心が反応する。

その通りだ。正しいことをしなければならない。正しいことはすべきなのだ。

それなのに、なぜ正しいはずの自分が、こんなに生きづらいのだろう。

源の野郎はお調子者で、いつも相手にハイハイと合わせやがる。自分が間違っていないと思ったら、とことん正せばいいものを。

俺は舌打ちをする。嫌なことを思い出したのだ。

先日、新聞の懸賞でプロ野球の観戦チケットが当選した。本当は娘と行きたかったが仕事だなんだと理由をつけられ、結局、女房を連れていくことになった。野球のルールすら知らない女だが、俺は子どもの頃に野球選手を目指していたから、しっかりと解説してやることができる。それを差っ引いても、めったに生で見る機会がないプロ野球観戦ということで、久しぶりに胸が躍った。

早速、女房に弁当を作るよう言ったのだが、球場への持ち込みは禁じられているという。食べ物も飲み物もすべて球場内で調達しなければならないのだそうだ。しかも使えるのは電子マネーのみ。現金では買えないらしい。カチンときた。ふざけるな、そんなもの70を超えたこんな年寄りにわかるものか。だいたいこちらが見にいってやるのに好きな食い物も持っていけないのか。そもそも持ち込み検査など、人権侵害も甚だしいではないか。

俺は構わず女房に弁当を作らせると、入り口で堂々と弁当が入った紙袋を開いた。アルミホイルに包まれた握り飯がゴロンと中にある。係員が恐縮した面持ちで、

「申し訳ないのですが飲食物の持ち込みは禁止なんです。これはこちらで預からせていただきます」

と言うので、

「なんだと？　申し訳ないと思うなら、持ち込んでもいいだろうが。だいたいお客さまあっての商売じゃないのか？　お客さまは神様だろう！」

そう言い放つと、なおも食い下がる係員を振り払い、オロオロしている女房の腕を引っ張り「モタモタしねえでおまえも早く来い！」と、球場に入った。その後も係員が何度も訪れて俺に言うことを聞かせようとしたが、そんなこと聞く必要はない。俺は構わず目の前で弁当を食ってやった。ガツガツと貪ってやった。きっと、周りの客たちも心の中で快哉を叫んでいたに違いない。

みんなが不満に思っている問題にこの俺が一石を投じたのだ。誰も言えないことを堂々と言える俺は特別な存在に違いない。皆やりたくてもできないのだから。その勇気を感謝されないはずがない。

だが、それを家で娘に言うと、露骨に顔をしかめるのだ。

「お願いだからそんなことはやめて」

やめる？

なぜ？

どうしておまえはそんな悲しそうな顔をするんだ。

俺が世の中を正そうとすることを、どうしてみんな止めるんだ。

家族も、仕事仲間も、近所のやつらだけでなく道端の地蔵ですら自分に非難の目を向けているような気持ちになる。

まったく意味がわからねえ。

俺はため息をついて首を横に振る。

その時だった。

初めて娘がそんな顔をしたときのことがふと、頭をよぎった。

（なんで今頃、あんな出来事を思い出すんだよ……）

胸がざわつく。

そう、あれは娘が中学生のときだったか。学校で弁論大会があるとかでどう書けばいいか相談されたことがあった。クラスから代表が二人選ばれ、全校生徒の前で弁論を披露し、そこで教師と生徒の投票で1位に選ばれると、学校代表で仙台市の大会に出るのだという。

娘はなんとか学校代表になりたいと言った。その言葉を聞いて、俺はどれほどうれしかったことか。

娘は成績が良くも悪くもなく、何事にも熱くならないあまり日立たない子だった。俺はそれをいつも歯がゆく思っていたものだが。そんな娘がやりたいことを見つけて、父親である自分を頼ってくるなど夢のようだった。

ならば親として力を尽くしてやらねばなるまい。俺も中学時代は生徒会長を務め、校内弁論大会で2位になったことがある。

教師に書き方を教えてもらい、どんなふうにまとめるのが正しいのかを徹底的に頭に叩き込んだ。審査員だって人間だ。それを基準に審査するのだから、それにどれだけ準じるかがポイントだと考えて挑んだものだった。

ただ、それを思い出すと、懐かしさとともにどこか苦々しい思いが胸の内に広がっていくのを感じた。俺の弁論は一番上には行けなかった。あの時の悔しさが「絶対に娘を代表にしてやる」という意気込みに変わり、メラメラと力が湧いてくるようだった。

本屋に飛んでいった俺は『必ず胸を打つ弁論作文の書き方！』という本を購入した。そしてどんな内容が正しいのかを頭に叩き込み、それに基づいて娘にアドバイスした。

「大事なのは話をするうえでの展開だ。順番としては『問題提起』『具体的な例を挙げる』『解決策を提示する』『反対意見への反論』そして『総括』。そうした流れが一番説得力があるぞ。それとテーマだが……」

俺は思案する。多くの生徒が問題意識を共有できるものはなにか。その時、閃くものがあった。

たしか昨日のテレビの特集でやっていた……。

「今ならベトナム戦争の枯葉剤を取り上げればいい。中学生でそんな問題を取り上げるやつはいないだろう。きっと先生たちも評価してくれるはずだぞ」

そう言うと、早速二人で内容を吟味し始めた。俺の言う通りにやれば間違いないのだ。過去の轍は踏まない、そう思いながら作文を書き進めていった。

ベトナム戦争は、約20年にわたって続いた戦争である。ベトナムの統治権を巡る南ベトナムと北ベトナムの争いが、いつしかアメリカを中心とする資本主義勢力とソ連を中心とする社会主義勢力との代理戦争になってしまった。

そこで問題になったのが、南ベトナムを支援したアメリカが使用した枯れ葉剤だった。約10年間散布し続けた影響で、その後に生まれたベトナムの子どもたちに重篤な疾患をもたらすことになったのだ。

世界中に波紋を広げ、日本でもテレビで特集が組まれて世間にも知られ始めた問題だったので、テーマとしては最適だと考えたのだ。

当日は意気揚々と娘を送り出した。

スピーチするときの声の大きさやスピード感もしっかり練習させた。きっと今頃は、先生や生徒たちから拍手喝采を浴びているはずだ。そんな娘の姿を想像してひとり悦に入っていた。

ところが娘は2位だった。学校代表になるのは、ひとりだけだから、娘は代表の座をつかめなかった。

まあ、それはいい。自分たちよりもいい内容で発表したやつがいたのなら諦めもつく。だが、1位に選ばれた生徒のテーマを聞いて愕然とした。あの時と同じではないか。

「我が家のレイコさん」

それがテーマだという。

弁論作文と言われても私は書くことがない。

とりたてて訴えたいことも、弁論したいこともありません。

そんな切り出して始まった弁論は、おおむね次のように展開されたらしい。

そもそも何も知らない中学生が、何かを訴えたところでそれが本当の気持ちか？

そう思ったときに、うちの冷蔵庫が壊れていることに気づいたのです。

氷ができていませんでした。

お茶が冷えていません。

お母さんが手抜きするためにストックしている冷凍食品が溶けていて、気がついたのです。

どこにでもある普通の冷蔵庫です。普段は気にも留めません。だけど、白い大きな体で、どんなときも食材を守ってくれていることに気がつきました。

壊れて初めて気がついたのです。

冷蔵庫、そうレイコさんがいないと本当に困るのだ、と。

そんな話をここでしたところで、意味があるのかないのか私にはわかりません。

そもそも、どうして私がここに立っているのか。

書くことがなかったから適当に書いたらクラス代表になっちゃって、ああ、ちゃんと考えて書けばよかったと思うけれども、冷蔵庫ひとつ壊れると生活にこれほどの不便が生じてしまうのだなあと、心から思った私です。

あってあたりまえだと思っていたものが、なくなるととても辛く悲しいです。

そして私は思いました。

あたりまえはあたりまえじゃない。ありがたいことだったのだと。

だから私の弁論は、別に世界にも日本にも訴えたいわけじゃなく、あえて言うなれば家族に、特に父に訴えたい。

お父さん、早く新しいレイコさんを迎えようと。

それが今、私が一番望む未来なのです。


とつとつと話す内容が先生や生徒たちに大いにウケたらしい。

「あの時」とまったく同じじゃないか。しっかり構成を考えて作成した俺の論文に対して、すさまじく型破りな内容で教師たちの度肝を抜き、評価をかっさらった同級生がいた。正しく書いたものが認められず、正しくないものが称賛される。そんなのは正義じゃねえ。

50年以上も昔の怒りまで、心の中に蘇ってくる。

ふざけるな。

ふざけるな。

ふざけるな。

そんなもの、問題提起も具体的事例も解決策もなく、ただ思ったことを述べているだけではないか。こんなふざけた弁論が学校代表だと？　こんなものただのざれ言にすぎないではないか。せっかく俺が正しい弁論作文の書き方を正しく踏襲し、苦労して作り上げた弁論よりも評価されるなど許されるはずがない。しかも二度までも。

気がつけば俺は娘の制止を聞かずに家を飛び出していた。

中学校に駆け込むと、職員室へ怒鳴り込んだ。

「おい、先生方よ！　どうしてうちの娘の弁論が2位なんだよ」

そう猛烈に抗議をした。

納得のいく説明をしろと、教師につかみかかった。

それでも教師たちは困惑するばかりで納得のいく説明がなされず、追い返されるように俺は帰途についた。

自宅に帰ったら娘は泣いていた。そんなに悔しいのかと思ったが、娘は「お父さん、もうそういうことはやめてよ」と叫んだ。その時の娘の姿は、今も瞼に焼きついている。

だが結局、娘は代表として仙台市の大会に出場することができた。どうやら1位に選ばれた生徒が辞退したらしい。

ふん、あたりまえだ。うちの娘のほうが相応しいに決まっている。どうせそいつも、そんなくだらん内容で代表なんて恥ずかしいと思ったのだろう。いや、もしかすると俺が抗議したために教師たちも過ちに気づいたのかもしれない。きっとそうに違いない。結局は俺が学校を正したのだ。ざまあみろ。

そう思ったとき、やはり自分のしたことは正しかったのだと確信した。

自分は娘のために正しいことをした。娘を守ったのだ。娘も学校も、そして何が正しいかを身に染みてわかったはずだ。

「きっとよ、学校の先生やその1位の生徒も俺に感謝してるはずだぞ」

ある日の夕飯時、俺はカップ酒を飲みながらそう言ってやった。

だが娘は顔をクシャクシャにして、懸命に涙をこらえる表情をした。

「そういうの嫌なんだったら！　私の気持ちも知らないで！」

手にした箸を卓袱台《ちゃぶだい》に叩きつけてそう叫ぶと、二階の自分の部屋に上がっていってしまった。そして娘は俺とはあまり口をきいてくれなくなった。

それからだった。ますます正しいことにこだわるようになったのは。

世の中を正すことで、自分が間違っていなかったと、娘にわからせたかったのだ。


はっと我に返る。気がつけば見慣れない道を走っていた。どうやら家に帰るのに曲がるべき角を通り過ぎていたらしい。それだけ興奮していたということか。

（まあいいよ。仕事がなくなって暇になったからな）

負け惜しみのようにそう自分に言い聞かせて、そのまま車を走らせた。それにしても、窓の外の景色が、昭和の雰囲気に思えるのは気のせいだろうか。自分がまだ若々しかった当時のような空気が漂う街並みに思えてならない。こんな区画があっただろうか。まるでタイムスリップでもしたかのような感覚にとらわれる。

（おい、本当にここはどこなんだよ……こんな街あったかな）

周りを観察するが、午前中にもかかわらず人の気配はない。

俺は車を左に寄せて停止した。

そしてカーナビを作動させようとモニターに手を伸ばしたところで、故障していたことを思い出す。まったく今日は厄日だ。ロクなことがありゃしねえ。

以前から元木のやつに、

「親方。このカーナビ、調子が悪いみたいだから一度修理に出したらどうでしょう。いざというときに壊れていたら困るじゃないですか」

そう言われていたが、

「うるせえよ。俺にはそんなもの必要ねえんだ。地図さえあれば事足りる。そんなもんに頼ってるからおめえらみたいな今の若いやつらは頭が働かねえし、いつまでも道を覚えねえんだよ、くそったれが」と、一喝してやったのだ。

その後、とうとうナビは動かなくなったものの、その時に言った自分の言葉を思うと修理を頼むことがためらわれた。その挙句がこのザマだ。

「畜生、元木が余計なことさえ言わなきゃ、ちゃんと修理に出したのに」

吐き捨てるようにそう言うと、大きくため息をつく。

前方に目をやると、バス停を見つけた。

俺の子ども時代は放課後になると子どもたちが群がってきそうな駄菓子屋の前に、ひっそりと佇むバス停だった。貧しかった時代を思い出させる光景だ。勉強をしたかったが家が貧しく、大工の弟子になった。だから高校、ましてやあの時代に大学なんかに行ける連中が羨ましくて仕方がなかった。そんな箱入りどもには負けたくないと懸命にこれまでやってきて、人並みの生活をできるようになったのだ。俺はもうあの時の自分じゃない。誰の目も気にせずに堂々と生きていけばいい。そう、正しいことを行いながら。

ポツンと置かれた安っぽいベンチの横に、一本の大きな木があった。まるで人間の腕のように長く伸びた枝が、そのベンチのほうを向いていた。

もう一度よくあたりを見回すと、花屋や瀬戸物屋、時計屋が軒を連ねているのに気がつく。少年時代を思い出して感傷的になりながらも、やはりそのレトロな風景はどこか懐かしく、その空気まで感じたくなり、俺はつい車から降りた。

舗装が施されていない道を注意しながら歩く。こんな道自体が久しぶりだ。首を伸ばしてガラス越しに瀬戸物屋を覗くと、色とりどりの模様や形の器が並んでいるのが見えた。茶碗や湯飲み、小鉢など形もさまざまだ。昔、自分の家の近所にもこんな瀬戸物屋があった。丸顔で気の良さそうなオヤジが、いつも店の奥の椅子に座っていたものだ。

ここはなんの店だ？……俺はまた別の店を覗き込む。まるで小道具屋を思わせる雰囲気のそこは……どうやら時計屋らしかった。ガラス越しに大きな柱時計が見える。振り子がチクタクチクタク左右に揺れるのを見ていると、子ども時代を過ごした長屋を思い出した。

とうの昔に両親は死んだ。長屋は取り壊されて、跡形もない。昔のことだ。気を取り直し、バスの路線図から今いる場所を確認できるはずだと思い立つ。左右を見て車が来ていないことを確認すると、道路を渡ってバス停に近づいた。その瞬間、ひゅんと風が吹いた。砂塵がぶわっと舞い上がり、思わず顔を覆って目を閉じる。砂が体全体に降りかかり、それを吸い込んでしまいゲホゲホとむせた。

風は一瞬で収まった。そして、嘘のような静けさが広がっている。

(なんだったんだ？　今の風は)

着ているものを確認すると、ジャンパーが砂まみれになっていた。

髪や顔の砂を手で払うが、それくらいではこの砂埃は落ちそうもなかった。ジャンパーを脱いでバサバサと上下に振る。その時だった。

(！)

俺はたまげて尻もちをつく。誰もいないと思っていた目の前のベンチに、ひとりの老婆が座っていたのだ。

「わっ！　な、なんだよ、ばあさん！」

驚きのあまり、上着を投げ出して思わずそう叫んでいた。

いや、たしかに誰もいなかったはずだ。見間違うはずがない。だが、現に老婆はそこにいる。

混乱する頭をなんとか落ち着かせながら、

「あ、わ、悪いね。上着、当たったかい？　いや、わざとじゃねえんだ。誰もいないと思っていたもんで……」

言い訳をしながら慌てて起き上がる。とりあえず頭を下げて恐る恐る老婆を見やる。なぜ恐る恐るだったかといえば、周囲の雰囲気に加えてその老婆のいでたちが異様だったからだ。長い白髪を後ろで束ね、くたびれた灰色の着物に年季の入った草履を履き、背を丸めてじっと座っている様子は、およそ生きているとは思えぬ禍々《まがまが》しさを漂わせていた。

ピクリとも動かぬ老婆に、

「お、おい、ばあさんよ……」

と、右手を伸ばしかけた瞬間。老婆はその容姿からは想像できぬほどの速さで、落ちていたジャンパーを指でつまみ上げると、俺の顔を見て「ニタリ」と不気味に笑った。背筋がゾワッと冷たくなる。俺は怖くて動けないでいる。そして、つまみ上げたジャンパーを大きな木から伸びている枝の上に無造作に掛けた。バサリ――。枝は大きくしなって、地面につかんばかりに折れ曲がる。

呆然とその様子を見ていると、頭の中に鮮やかに蘇ってくる記憶があった。遠い昔の記憶だ。だがまるで昨日のことのように鮮明な光景がそこに広がってきた。

目の前に懐かしい丸顔のオヤジがいた。昔、近所にあった瀬戸物屋の店主だ。子どもの俺は、いくつかの茶碗を取り上げると不服そうにオヤジに聞いた。

「なんでみんな形が違うんだよ？　同じ茶碗なのに」

するとこのオヤジは、笑ってこう言った。

「マサ。焼き物っていうのはな、同じものはひとつもないんだよ」

「じゃあ、どれが一番正しいのさ？」

子どもの俺は頬を膨らませて不満げだ。学校で先生から「正しいことをしましょう」と教えられたばかりだった。するとオヤジは、あははと笑い、

「どれもそれぞれに正しいのさ。同じ茶碗でも、こっちが好きあっちが好きって人間が選ぶんだ。茶碗一つひとつがみんな違って、みんないいんだよ。見てみな、小さな斑点や色のかすれがあるだろう？　これが個性なんだ。釉薬《ゆうやく》のムラに形の歪み、こう

いうのが好きな人もいっぱいいる。何ひとつ同じものはないから、どれも正しいのさ。しかも使い方によってまた違いが表れてくる。くすみや艶が変わる。それが人間でいえば成長なんだ」

「成長？」

俺は、意味がわからずに首を傾げるばかりだった。

「今はまだ、わからなくてもいいんだよ。だけどマサ、これだけは覚えておくといい。焼き物も人間も一緒で、それぞれ違っていることがいいんだよ。違っていなきゃいけないんだ。みーんな一緒じゃ、世の中がダメになっちゃうんだよ。違いを認め合える世の中にきっとなるとおじさんは信じている。だからマサも、あんまり自分の決めた正しさにこだわるな。このままいくと大変だぞ。正しさなんて、人によって違うし曖昧なものなんだから」

そう言って、小さな飯椀をひとつくれた。

そこで俺は我に返った。

あの飯椀はどこにやっただろう。なぜ、今、そんなことを思い出すのか。

……気がつくと、俺は軽自動車を運転していた。見回すと、いつもの道路だ。

今のは……夢だったのだろうか。

そう思いながらも、あの瀬戸物屋のオヤジの言葉を反芻する。みんな違ってみんないい？　正しさにこだわるな？　バカな。そんなことを言いだしたら、俺がこれまでしてきたことが否定されちまうじゃねえか。俺は正しいんだ。今さら変えられるか。あの瀬戸物屋のオヤジが間違っているんだ。あっちが正しくないんだよ。

俺は心の中で叫ぶ。

まるで狐につままれたような感覚を覚えながらも、ハンドルを握る手にはじっとりと汗が滲んでいた。嫌な汗だ。ぬめった手のひらをぬぐおうと何げなくジャンパーをさすると、ザラリとした感覚を覚えた。

手のひらを見ると、砂まみれになっている。

家に帰ると、珍しく娘がいた。一度は結婚したが、今は離婚して戻っている。俺が勧める男と所帯を持てばよかったものを、あんな軽い男と一緒になったのが運の尽きだ。家に戻った娘は、俺を避けるように仕事に精を出しているようで、毎月決まった額を家に入れていた。

まあ、そんなことはあたりまえだ。離婚したいい年の娘をこうしてまた置いてやるのだから、それくらいして当然だろう。母親である女房とは時折り短い旅行に出かけるようだが、俺とはあまり関わらない。ほとんど会話すらない日々だった。

「なんだ、帰ってたのか。珍しいな」

茶の間に上がってそう言うと、女房が強い調子で口を挟む。

「そんなことよりあんた、元木くんから連絡あったわよ！　また現場で揉めたんだって？　挙句に仕事も断られたって、源次さんからも電話が」

女房が険しい顔で抗議の声を上げた。くそったれ、もう耳に入ってやがるのか。おしゃべりどもめ。

「なんだと？　何も知らねえで口出すんじゃねえ。ありゃ、あいつらが悪いんだよ。俺は正しいことを言っただけで、何も悪くねえよ」

「もう！　あんたはいつもそう！　いくら正しいっていっても、相手にだって言い分があるんだよ」

「そうよ。お父さんはずっとそうだった。自分の正義を振りかざして、周りの迷惑も相手の気持ちも立場も考えない。どれだけ私たちが悲しかったと思ってるの！」

その態度に、俺はキレた。

「おまえら、俺の気持ちも知らねえで勝手なことをぬかすな。そもそも正しいことを言って何が悪い。正しいことは古今東西変わることなく絶対的なもんなんだよ。世の中のバカどもの間違いを正してやるのは、正義だ。感謝こそされ、恨まれる覚えはねえ」

自分で吐いた言葉に触発されて、さらに興奮していく。

街中で若者を注意しているときの周囲の冷めた空気。マナーがなってないやつを叱っているときの反抗的な目。間違った日本語を正してやっているときのうっとうしそうな顔。

かつて感じた不条理な感覚が蘇ってきた。

絶対に俺が正しいのに。

絶対に俺が正しいのに。

そして、ついにこの言葉が口をついて出た。

「おまえら出ていけ！」

これまでどんなことがあっても口にしなかった言葉だ。

それは、夫と別れたら帰るところがなくて困るだろうという女房への優しさ、父親がいなければ寂しいだろうという娘への優しさからだ。それが夫であり父親としての義務であり、正しさだからだ。だが、二人の態度に、ついに堪忍袋の緒が切れた。謝ってても簡単には許してやらんぞ。許すもんか。誰のおかげでこれまでメシが食えたと思っている。誰のおかげで人並みの生活ができているのかわかるか。

ちゃんとわかれ。

思い知れ。

そうしたら、許してやる。

肩で息をしながら、俺はそんなことを思っていた。

すると女房は、そんな言葉に動揺するそぶりも見せず、むしろ吹っ切れたといった表情で大きく息を吐き出した。おもむろに立ち上がると箪笥に向かって歩いていく。

そして、スッと一番上の引き出しを開けると、そこから一枚の紙を取り出した。

（……）

本能で、何かを察した。嫌な予感だった。

長年連れ添った女房が、弱々しいどころか妙に凛として見えた。

ゆっくり戻ってくると畳に正座し、その紙を俺の目の前に差し出した。

「長い間、お世話になりました。さようなら」

思考が止まった頭を振り、卓袱台に置かれた薄っぺらい紙に目を落とすと、「離婚届」の緑色の文字と、女房の名前が書いてあった。

＊＊＊

「あら〜、そりゃ源さん大変だったわね」

テレビ転倒防止ベルトを設置してくれている源さんをねぎらうようにワカが言う。

「私はいいんだよ、こういうのは慣れてっからさ。よっこらしょっと」

テレビの背後から声だけが聞こえてくる。

「それよりも大変なのは家族や従業員だろうよ。特にモト……まあ、弟子の職人なんだけどさ、そいつなんかはけっこう苦労してたと思うよ」

そう言うと「はいよ！　いっちょ上がり〜」と、今度は本棚のほうへ移動する。いつも手際よく作業してくれるのがありがたい。

「だけど、実際にいますよね。そういう正したがりの人」

まあ、昔は僕もそうだったかもという自覚はあるが、ヤブヘビになるのは嫌なのでこの際は黙っておく。

それに僕も、ずいぶんいろんなことを丸く収めるようになった。もし、昔のように頑固なままだったら、今の楽しい毎日にたどり着けなかったかもしれない。

「私思うんだけど、そういう人ってたぶん認められたいのよね。正しさって、人や時代によって変わるけど、普遍的な正しさを貫くことが正義だって思ってる気がするのよ。でも近くにいたら、そりゃ面倒よね」

　ワカが腕を組んで眉根を寄せた。そして、

「その点、源さんは助かるわ〜。いい意味で適当だもん」

　そう言ってカラカラと笑う。おいおい、妻よ。適当はないだろう。

「いやいや、源さん違いますよ。ちゃんと相手の話を聞いてくれるし、うまく落としどころを見つけてくれる源さんは素晴らしいって、彼女は言いたいんです」

「おや、タカくん、うまいじゃないの。さすが物書きの先生だね。その気にさせちゃって」

　源さんは楽しそうに笑うと、大きな工具箱からL字金具と突っ張り棒を取り出して、両手で掲げる。

「これさ、どっちも地震のときの転倒防止グッズなんだよ。じゃあ、この本棚にはどちらを使うのが正しいかと問われれば、どっちでもいいんだよね。壁に強く固定できる場合はL字を使えばいいし、壁が薄くて強度が出ないときには天井との間を突っ張り棒で固定したほうがよかったりするわけだ」

「なるほど。状況次第でどちらがいいかは変わるし、どっちでもいい場合もあるんですね」

と僕が感心していると源さんは、ニヤリと笑って続けた。

「私はさあ、タカくんにワカちゃん。この世の中だって、何を選択してもいいと思うわけよ。大事なのは、『正しさ』よりもいかに『嫌な思いをする人を減らせるか』だと思っていてさ」

源さんはそう言って本棚のほうへ向き直り、作業に戻った。

正しさよりも嫌な思いをする人を減らすことが大事、か。僕は心の中でその言葉を復唱する。マナー違反した相手に対して、そのことを指摘する正しさよりも、それを笑って許して、後からそっと教えてあげるのが本当の優しさだと思う。

「本当にその通りだと思いますよ。私も昔は正しさを求めるあまり、仲間に溶け込めず、どんどん力を失い、ついには漆黒の体に染まった経験がありますから」

おっと、その声は？

「あら。黒龍さんの登場ね」とワカが軽やかに言った。

ガガの采配によって、一度は龍神に見放された僕とコンビを組むことになったのがこの黒龍さんだ。彼は僕と同様に頭が固く、自分の正しさにこだわるあまりにいつしか他の龍神たちから距離を置かれた苦い経験がある。いわゆる落ちこぼれの龍神だったのである。

そうしたイメージから黒龍さんと呼ぶようになったのだが、その時の教訓を忘れないためか、今でも黒い龍神として僕たちにさまざまな学びをくれる。

「私もガガさんのようないい加減……いえ、良い加減で周りの人たちを楽しませることを心がけるようになってから本来の力が蘇りました。いくら正しいことをしても、他人を不快にさせたり傷つけたのでは意味がありませんから」

黒龍さんは、そう言って少し自嘲気味に笑う。

正しさを求め続けた過去があるだけに、僕の心にその言葉がとても染みた。

「なにやら今日は我の出番がないではないか。つまらん！」

どこからか不満を漏らすガガの声が聞こえてきた。

「あはは、ガガ。源さんや黒龍さんに全部言われちゃった感じね」

ワカがからかうように言う。

「まったくだがね。しかし黒龍はともかくとして……クンクンクン、なにやらにおうな。おい、源さんや。お主、何者かね？」

ガガが声のトーンを落として問いかける。えっ？　源さんってもしかして……。

先日ガガに言われたことを思い出して、僕たちにも緊張が走る。まさか源さんは、

人間に身をやつした仏なのか⁉　すると……、

「ガガさん、やだねえ。私、くさいかい？　うーん、昨日帰ったの遅くて風呂に入らなかったからなあ」

「むむむっ！　ただの体臭か！　風呂にはちゃんと入りたまえ！　我はバッチイのは嫌いなのだ！」

ガガの言葉に僕らは思わずズッコケた。マジか～。リビングが笑いに包まれる。

「まあねえ、何ものかになれたら歓迎なんだけどさ、悲しいことに私はしがない年老いた大工。しかも怖い女房の尻に敷かれてる毎日ときたもんだ……おっと、こりゃなんだい？　ずいぶん古いものみたいだけど」

源さんはそう言って、ホコリをかぶった紙を差し出す。

「ああ！　これ！　私の記念の作文なのよ」

懐かしい～と言ってワカがガサガサ開いたのは黄ばんだ原稿用紙だった。中学生の頃に彼女が書いたものらしい。どれどれ、題名は「我が家のレイコさん」とある。

「我が家のレイコさん？　一体どんな作文だよ？」

僕の問いかけにワカはふふふ、と不敵に笑う。

「何を隠そう、これは学校で最優秀賞を取った弁論大会のものなのよ！」

「マジで！　すげーじゃん」と、僕は驚きの声を上げると同時に疑問を口にする。

「ってか、キミ。この題名でどんな主張をしたわけ？」

「いや、これさ。本当に苦しまぎれに書いたんだわ。そもそも中学生が一丁前に何かを叫んだところで『おまえに何がわかるんだ？』って感じじゃん。そんなときにうちの冷蔵庫が壊れて困ってることを思い出したわけ。いや〜悲劇だったわ。冷凍食品が全滅してさ、お母さんがさめざめと泣いてたもんね、うん」

冷蔵庫が使えないことで、そのありがたさを痛感したことを綴ったものらしい。

まあ、うちも地震で電気温水器が壊れて一週間お湯なしの生活を送ったことは何度かあるが、あの時はお湯が出るありがたさを痛感したものだ。そんな感じだろうか？深いのか浅いのかわからないが、ワカの話を聞いていると、きっと先生や生徒たちにウケたであろうことは何となくわかる。しかし相手にした同級生が気の毒に思えてくる。

「で、学校代表になって出場した結果はどうだったわけ？」

僕が聞くと、ワカは手を振って、

「決まってんじゃん、辞退したわよ。だってさ、その弁論大会って日曜開催なのよ。せっかくの日曜日を弁論大会なんかで潰したくないでしょ、普通は……」

そもそも私なんぞが出るのは、マジメにやってるほかの生徒に失礼だべ。

そう言って笑った。

「そういえば先生……ワカちゃんのお父さんも昔、弁論大会で優勝したことがあると言ってたぞ」

「えっ？　そうなの。そりゃ初耳……」

源さんの証言にワカが目を丸くする。

「日頃の学校や教育に対する不満をアドリブで話しただけだけど、生徒たちにウケて1位になっちまって困ったって、聞いたことあるよ。教師にはずいぶんにらまれたみたいだけど、なんていうかやっぱり親子だねえ〜。古今東西、今も昔もみんな楽しく笑えることが好きなのさ」

そう言って源さんはハッハッと軽快な笑い声を上げた。

第4章

恋とモトくん

長い間、お世話になりました。さようなら。

……。

うーん、違うな。このセリフはありきたりな気がする。別れを切り出すときって、もっとこう、胸にグサリと刺さる言葉が出てくるもんじゃないのか？

原稿に目を落として僕はそう思う。今、執筆している作品は、出会いと別れの魔訶不思議さとおもしろさがテーマなのだ。人は誰かと出会い、別れ、その瞬間の選択で人生が大きく変わってゆく。たった一言の「ありがとう」や「ごめんなさい」、それを言えるか言えないかでその後の展開がまるっきり変わってしまうのだから希望があるし、半面なんだか怖くもある。

ガチャ、とドアが開いて、

「おつかれさーん。どう？　文章の乗りは」

妻がパタパタと部屋に入ってきた。島根土産でもらったご当地キャラしまねっこのエコバッグを、生活感のないキッチンカウンターに置く。

「あ〜もう、タカったら。ちゃんと空気を入れ替えてよ。けっこう蒸すんだから」

ブツブツ言いながら、ワカは部屋の窓を全開にする。

ここは僕の仕事場だ。最近になり、自宅近くに執筆専用の部屋を持ったのだ。これまでずっとマンションのリビングで執筆していたけれど、地元誌の連載や編集者との企画会議、その他の打ち合わせなども増えてきたため、思い切って作業場を持つことにした。集中して書きたいときは、こっちにこもって仕事をしている。とはいえ家のすぐ近くだから、たまにこうしてワカがやってくるわけだ。

そうか。ついこの前まで寒い寒いといって暖房をつけていたが、気がつけば初夏である。連載エッセイも夏真っ盛りの話題にしないといけないな。何にしよう、そんなことが頭をよぎった。

椅子に座ったまま、僕は思いきり背筋を伸ばす。思いのほか肩が凝っていた。

「順調といえば順調。だけど、ちょっとセリフで詰まってるんだ。今、ちょうど別れのシーンなんだけどさ、実際の別れってどうなんだろうね」

「何が？」

エコバッグを漁りながら、ワカが言う。何か食べ物でも持ってきてくれたのだろうか。なんせ生活空間じゃないから、この部屋には食べ物がないのだ。腹が減った……。

「だからさ、例えば長年連れ添った夫婦が別れを決めるときだよ。奥さんが旦那に愛想を尽かして別れるときって、どんな台詞が出るんだろう？」

「そりゃ、その時々の状況にもよるだろうけど、情がないときほど決まり文句じゃないの？」

「決まり文句？」

「長い間、お世話になりました。さようなら」

「……」

やっぱりそれか。

「ホントにお世話になったなんて思ってないのよ。思ってたら、そもそも別れないじゃん。誰かと別れるっていうのはさ、もうその人と同じ世界に住まないって選択なわけ。だから夫婦が別れるってのは、残りの人生、自分の好きなように生きたいっていう思いが溢れてるんじゃないの？　あ、食パン買ってきたから食べなよ」

唐突に食パン一枚を目の前に突き出す妻。しょ、食パンだけ出されてもな。仕方ない、コーヒーで流し込もう。

ワカは何もつけない食パンをくわえて、自分のカップにコーヒーを注ぐ。生活感のない作業部屋でも、コーヒーを淹れるときだけはなんだかホッとする空気が流れた。コーヒーの香りには、リラックス効果があるらしい。

「そうそう」

と、ワカが切り出した。

「うちの実家、明日から工事が入るじゃない?」

「……うん、そうだったね」

パンを口に運びながら答える。

妻の実家は東日本大震災の揺れにも耐えたが、さすがに最近も頻発する地震で、ドアの開け閉めにも支障をきたしていた。おまけに床にも若干の傾きが出てしまったらしい。ワカが高校生の頃に建て替えたというから、築年数は優に30年を超えている。とはいえ震度5クラスの地震が日常的に起こるのがこの地だ。地盤沈下の影響なども考慮すれば、このくらいの傾きが生じるのは仕方がない。実際、気仙沼の僕の実家も傾きがひどくて、最近何度目かの修繕をしたばかりだった。

「それでお父さんがさ、ドアを替えるのにタカの意見を聞きたいんだって。まったく、タカにはそんなセンスないのに、一緒に選んでくれってうるさくて。そういうわけで、悪いんだけど、明日ちょっと空けてほしいのよ」

ワカはほんの少しだけ申し訳なさそうに言った。僕は笑う。なんだ、そんなことか。

「いいよ。それに工事って源さんにお願いするんだろう?」

そもそも源さんは、ワカの父が法律の仕事を始めた頃からの古い付き合いなのだ。困ったことがあると「先生、困っちゃったよ! なんとか助けて!」と駆け込んでくるのがセオリーで、義父も建具のことで困ったことがあると、源さんを呼び出すほどの仲だった。付き合ってどのくらいになるのか、まさに腐れ縁……いや、旧知の仲といっていいだろう。もちろん僕たちもその恩恵にあずかっていることは地震対策の件でも証明済み、言わずもがなである。

果たして翌日、僕らはワカの実家で工事に立ち会うことになった。

「おや、おふたりさん。お久しぶりだねえ。何年ぶり？　元気してた？」

「てか、春に会ったばかりだし。大丈夫？　ボケてない？」

ワカの切り返しに源さんは、

「ボケるもんかい。また仕事にありつけたとホクホクしてるんだよ。やっぱり君たち一家との付き合いは何かの運命かもしれないなあ。あ、これ、こないだ行った山形のお土産、玉こんにゃく」

そういって人懐っこい顔で笑った。相変わらず口が達者だ。そこがまた、憎めない。

「おう、悪いな。ちょっと頼むよ」

そんな僕たちの後ろから、義父が片手を挙げる。源さんも「はいよ、おまかせ」と笑顔で返す。このあたりは長年の付き合いあってのものだ。さらに、源さんが続ける。

「そうそう。今回の工事はちょっと大きいからさ、こいつと二人でやらしてもらうよ。

おい、入んな」

源さんの後ろから見慣れない男性が頭を下げて入ってきた。年齢は僕たちと同世代だろうか。短い髪に目元は切れ長、一見冷たそうだが礼の仕方やその所作から、「ちゃんとした人」という印象を受けた。なにより目がきれいなのが印象的で、細身の体から醸し出される凛としたムードは孤狼を連想させた。……ううむ、こりゃなかなかいい男だぞ。

男の僕ですらそう感じてしまうのだから、女性からしたらきっと「あら、素敵」となっても致し方ない。何げなくワカをうかがうと……なんだろう？　なにやら違和感を感じる。なんというか……彼女にしてはいつになく動揺しているように見えたのだ。

「こいつね、前に話したことあったでしょう？　モト。元木っていって今度うちで面倒見ることになったんだわ。前のところの親方がいろいろあって……まあ、腕はしっかりしてっから安心してよ。今回の仕事は二人ですっからさ、よろしくね」

源さんは、そんな僕たちの様子に気づかないのか、快活に彼を紹介した。

「元木といいます。よろしくお願いします」

元木さんは一礼すると、源さんと一緒に修繕する部屋へ入っていく。

ワカの場合

まさか……こんなところで。

古い引き出しの奥から、しまったことすら忘れていたものを突然発見してしまったような。そんな感覚に陥りながらも、私は冷静に状況を整理する。あの細くてきれいな目。野生で気高く生きる狼を想起させるような、凛とした表情。

あの頃の記憶が一気に蘇る。まるで昨日のことのように……。

19のとき、付き合ってるわけではないけど、親密にしていた男の子がいた。

彼は私よりもひとつ下で、プロボクサーを目指していた。高校には行ってなかった。中退したのか、そもそも入学していないのか本当のところはわからないけど、とにかく彼は大工の見習いをしながら、ボクシングジムに通っていた。

私と彼との出会いは全くの偶然。当時あまり治安がよくなかった駅裏と称されていた、現在の仙台駅東口の地下道で出くわし、私がなんだか恐怖を感じて足早に行こうとしたらどういうわけか相手も追いかけてきて、それでさらに怖くなって走ったら、

「ちょっと待って！　血が出てるけど、大丈夫？」

そう言われて、顔に手を当ててみると、鼻血が出ていた。

その少し前に私は憧れだった人と初めてお茶をして、そこで、もしかしたらその人と付き合えるかもと淡い期待を抱いていったのに、なんと相手は別の女を連れてきた。

私が憧れていた人は高校時代の先生で、たぶん向こうも私の気持ちに気がついていたと思う。だけど、やっぱり卒業したところで関係性に変わりはないし、そして何より向こうは大人で私はまだ子どもだった。

卒業後はたまに近況を報告し合う健全な関係も、やがてフェイドアウトすると向こうは踏んでいたのかもしれないけど、10代の恋は大人が思うよりも一途で、また大人のそれに近い戦略も働いていた。

だから向こうは「これはちょっとマズい傾向だ」と感じて、なんとか策を講じようとしたのだと思う。

果たして、20代半ばの男が取る作戦としては成功だった。

「彼女を紹介しようと思って」

そのひと言に固まった私の前に、計ったようにレモンイエローのブラウスを着た大学の同級生だという女が現れたときは「終わった」と思った。私の向かいの椅子に座った彼女は「よろしく」と言って勝ち誇ったように笑った。

それはなんだか嫌な笑いで、

「こんな女が好きなのか」

そう考えると、ちょっとショックだった。もっと上品で、どう頑張っても敵わないと思う相手なら私も納得しただろうと思う。

とはいっても、現実を突きつけられると悲しかったし、心の痛手も大きかった。勝手に好きでいたのは自分だけど、それにしたってひどいと思った。

いや、なんだろう。ケリがついてさっぱりしたような気もしたし、もっといい男を見つけてやると燃え上がる気持ちもあったし、それでもやっぱり悲しくて泣いたと思うのだけれど、あのどこか下品な女の表情を思い出すと腹が立って、それでエキサイトして鼻血まで出してしまった。

彼と出会ったのはそんなときだ。

少し長めの茶髪を後ろで束ね、三日月みたいに細い目をした青年だった。

両の拳に、汚れたテーピングを巻いていた。

そして私は自分の鼻血に気がついて、めちゃくちゃ恥ずかしかった。みるみる赤面し、大丈夫かどうかもわからないのに、「別に、大丈夫です」って答えたのを思いだす。

ホントに何が大丈夫なんだろう。失恋のショックやら、バカにされた悔しさやら、みじめさやら、街の中で鼻血を出している羞恥心やらで、きっとしどろもどろだったに違いない。

ドラマの中だと、男の子がくしゃくしゃのハンカチを出して「これ、使って」とか言うんだろうけど、実際はそうじゃなく、そこから特に何の進展もなく、だけどなんか気まずく、ポツポツと話しだした気がする。

ひとまず私たちは地上に出て、最初に見つけたコンビニに入った。どういうわけか、彼は黙ってついてきた。トイレを借りて、デートのために買った化粧ポーチから安い手鏡を取り出して顔を映す。ひどい顔をしていた。

鼻から下に血がこびりついていて、トイレットペーパーを水で濡らして拭いた。

化粧の技術なんてないのに、背伸びをして塗ったファンデーションが剝げてしまったけど、そんなことに構っていられなかった。幸い、着ていた洋服は黒っぽくて、血がついていたけどそこまで目立ちはしない。

顔の汚れを拭い取ると、次は「どうしよう」と考えた。「あの男の子、どうしよう」と。

声をかけられたときはビックリして、ちょっと恐怖を感じて逃げてしまったけど、よくよく考えてみると、助かることのほうが多かった。

顔に血がにじんだ女がひとりでいるよりは、誰かと一緒のほうが人目につかないし、それになんだか孤独じゃないような気がした。

トイレを出ると、彼はいなかった。店内を見渡しても見当たらない。どこかホッとすると同時に、ちょっともったいないような気もして少し焦った。すぐに店を出て捜そうと思ったけど、トイレを借りて何も買わないのは悪いと思い、迷った末に缶コーヒーを2本買った。微糖とブラックの二種類を買ったのは、一体どんな心理だったのだろう。レジ袋を持って店を出ると、駐車場の縁石に彼が座っていた。私がハッとすると、彼は座ったまま振り返って笑った。

「これ、飲まない？」

と、差し出された缶コーヒーは、微糖とブラックだった。

18歳の男の子、私は彼を「モトくん」と呼んだ。

モトくんとは、それからたまに会うようになった。当時はPHS、通称「ピッチ」が世の中に出だした頃で、お金がなかった私でも簡単に手に入れられた。ヨドバシカメラの前でギャルっぽい女の子が、

「PHS本体、10円でぇす！」

と、にこやかに営業していたのが懐かしい。

本体は10円でも、基本料金や通話料は別だったから、たくさんアルバイトをしなければならなかったけど、何物にも替えがたい喜びなのは事実だった。なんせ自分だけの連絡ツールだ。まるで自由の翼を手に入れたみたいだった。当時はカタカナで半角20文字までの10円メールが主流だった。

「サッキバイトオワッタヨ。ツカレタ～」とか、「エキマエニデキタミセ、キニナル」とか、今考えればおしゃべり自体が目的みたいなたわいないやり取りを、仲のいい友達としていた。ただ、誰かとつながるのがうれしくて。

そんなやり取りをモトくんともしていた。

「タダイマ、イマウチニカエッタ」と向こうが送信してくれば、「オツカレ、アシタモゲンキニガンバロー！」という具合に、友達なのか、それともなんとなくそれ以上なのか、それは何とも曖昧なやり取りだった。

実際、モトくんとは何もなかったのでそうとしか言いようがない。

だけど、恋の予感的なものは確実に存在していた。友達といるときにモトくんからメールが入ると無性にうれしかったし、メールの返信が2時間くらいないと、どうして返事をくれないんだろうと、心配になったりもした。

そして思う。今の若い子たちは、ＬＩＮＥの既読がつかなかったり、既読スルーされると傷つくと聞いて、

「そんな細かいことに傷つくんだな、全く」

なんて思う自分がいたが、なんのことはない。当時の私もそうだったじゃないか。気になる男の子からの反応が欲しくて、買ったばかりのピッチをしょっちゅうイジっていた自分の姿は、今の子たちに重なる。そう、私も普通の女の子だったのだ。

そんなやり取りが続いた後で、「面倒だからどっかで会わない？」となったのも、ピッチがあったからできたことだった。

遅い時間に外出するといい顔をしなかった親も、「友達と会うんだ、ちょっと急ぎで」とでも言えば、うまくごまかせた。

友達と聞けば女の子だと思っただろうし、それにしたってハタチに近い娘が本当に友達と会うと信じていたかは別にして、自分だけの連絡先を手に入れたおかげで私は自由を謳歌できていた。

モトくんとはだいたい、駅裏で会った。

駅裏にはドリンクバーが飲める手軽なファミレスがあったけど、いつも二人で最初に入ったコンビニの前で飲み物を買って立ち話をした。

私はブラックの缶コーヒーで、モトくんはミネラルウォーター。後で知ったことだが、モトくんはコーヒーが苦手だったのだ。飲み物はだいたいモトくんが買って待ってくれていた。

私たちはいろんな話をした。バイト先のグチや、面倒くさいお客さんのこと、うるさい店長の話。だけど、やっぱり毎月バイト代が振り込まれるとうれしいよねって盛り上がった。コンビニの前で話していたから、いろんな人が目の前を通り過ぎていった。

くたびれた感じでお弁当を買っていくサラリーマンもいたし、塾帰りとみられる高校生の集団もいた。派手な服を着た同世代の女の子は電話をしながらキャッキャとサルみたいに笑い、これから彼氏のところにでも行くのかな?と私に想像させた。街を行く人、みんなにそれぞれの背景とワケがあるように思えた。

「なんでボクサーになりたいの?」

そう聞いたのは、会話が途切れたときだったと思う。モトくんは、それにはすぐに答えなかった。やがて「なんとなく」的な答えが返ってきたと記憶している。

それからも私たちは時折り落ち合うと、手をつないで、なんなら接吻も交わしたけれど、私とモトくんが一緒にいたのは、いつもほんのわずかな時間だった。

モトくんは優しくてはにかみ屋、静かな人だった。だけど、自分のいろんなことはお互いに話さなかった。私も話さなかったし、彼も聞いてこなかった。

モトくんの場合

（どうしてあの時、正直に話さなかったんだろう）

いつだってそうだ、彼女の前でオレは自分の気持ちを正直に言えない。いや、そうじゃない。あの強い目を見ているとどこかおじけづいてしまうのだ。純粋なのかそうじゃないのか、まるですべてを見透かされそうなあの目が怖い自分がいる。本当の姿を見せちゃいけないような、そんな気持ちにさせられるのだ。

彼女と会った後はいつも自己嫌悪に陥った。

アパートのドアを開けると、むっとする臭いが鼻を突いた。タバコの煙と入り混じって、安い生活臭がこもっている。タバコを吸うのは母親だ。オレはいつものように換気扇を回して吸い殻が入った灰皿を掃除すると、窓を開けた。

殺風景な部屋。古びたテーブルには、ウイスキーのボトルと飲みかけのグラスが昨晩のまま置かれていた。それを片付けると部屋の隅にゴロンと転がった。板張りの天井に雨漏りしたようなシミが見える。

今頃、母親はスナックに出勤しているはずだ。

店は母親がひとりでやっていて、オレが仕事から帰ってくる頃には、家にはいないことがほとんどだ。以前はアキ姉ちゃんが手伝っていたが、今は県外に出ていった。もともと「カリスマ美容師になる」とか言って、ゴリ押しのかたちで美容の専門学校に入った。そんな余裕はなかったのに、金は母親がなんとか工面した。なのに結局そこを途中でやめ、人脈を広げるとかなんとかいって根無し草のようにほっつき歩いて生きている。コツコツ働くとか地道に頑張るとか、そういうことが全然できない人間で、どこに雇ってもらっても長続きせず、いろいろな職を転々としているようだった。

当時、母親も「まったくアキは……」とボヤいていたものだ。

「姉ちゃんは、専門学校まで行かせてもらったじゃないか」という言葉がいつも胸の内でくすぶっている。オレは高校にも行ってない。

オレが高校に行かずに働く道を選んだのは、家の経済的事情のせいだった。物心ついた頃にはすでに父親はいなかった。死んだのか？　出ていったのか？　そもそも結婚しての子どもなのかもわからない。だから「それは聞いちゃいけない」と、ずっと思っていた。6つ離れた姉ちゃんに聞いても同じだった。だから自分たち姉弟に、父親はいないことにしている。

だけどそれ自体はあまり気にしたことがない。周りの友達に父親がいることを羨ましく思ったことだってない。あるわけがない。だけど、母親が金のことで苦労しているのには気づいていた。姉の学費を出すのに、本当に大変そうだったのも見ている。だから中学を卒業してすぐに、人からの紹介を経て今の親方のところに行った。

大工仕事に特段の興味があったわけじゃないけど、とにかく金を稼ぎたかった。せめて高校くらい、と周囲から言われたけど関係なかった。早く大人になりたかったのと、少しでも自由な生活がしたかった。これが本音だ。

だから、経験なしで始められて学歴不問と紹介されたときは、単純にうれしかった。しかし、そのうち金を稼ぐのは甘くないと思い知らされた。毎日親方や兄貴分に怒鳴られながら、人知れず涙をこぼしたこともある。「早くこんなところ出ていってやる」と思いながらも、出ていく手段もなく、言われたことを唯々《いい》諾々《だくだく》とこなす日々だった。

そんなときに出合ったのがボクシングだ。内装工事で訪れたジムは、建物は古いけど設備はきちんと手入れがされていて、ボクシングへの敬意が感じられた。ジムの向かいには小さなお地蔵さんが佇み、まるでジムを見守っているように思えて、なんだか心が温かくなったのを覚えている。

「兄ちゃん、あんたいい目してるな。リーチも長いし、体のラインもボクシング向きだよ。どうだい？　ちょっとやってみねえか？」

ジムの会長にそう声をかけられたのがきっかけで、軽い気持ちで始めたのだった。

大工仕事のおかげで体力には自信があったので、それなりにこなせるだろうと思っていた。だけど、本格的に始めてみると生半可な世界でないことはすぐにわかる。

それでも楽しかった。何かを成し遂げようと、一心不乱に体を動かしているだけで余計なことを忘れられた。

そうして気がついたのだ。オレはただ安心したかっただけなのだと。日々の不満や不安に追いかけられるのが嫌で、逃げ場所を探していただけなのだと。本当は恵まれた周囲の人が眩しくて妬ましくて、だけど羨ましくて。いつか見返してやりたいとずっと心の奥で願っていたのだと。

ボクサーになれたら、きっとそんな願いが叶うんじゃないか。プロボクサーになって、試合に勝って、少しでも目立てたなら、きっとみんなを見返せるんじゃないか。

母親や姉さえも。

オレはむくりと起き上がると、冷凍ご飯をチンして生卵を割った。卵かけご飯は、唯一自分で作れるご馳走だ。それをかき込みながら、ふと彼女のことを考える。出会ったのは数カ月前で、彼女と話すのは楽しかった。彼女は時間があればアルバイトをしている。どうやらオレと同じで金を稼ぎたいようだけど、オレのような家庭環境にあるとは到底思えない。何か事情があるのか、あるいは目的があるのか、とにかく自分の力で何とかしようとあがいているのが伝わってくる。

出会いが出会いだったから、お互いカッコつけることなく話せるのもよかった。彼女になら本当の自分を出せるんじゃないか？　笑ったり否定したりしないで、本音を聞いてくれるんじゃないかと思い始めているオレがいた。

これは、彼女のことが好き……ということなのだろうか。わからない。そんなモヤモヤを振り払いたくて、オレは今夜もロードワークに出かける。

ウインドブレーカーを着て部屋を出る。カンカンカン。色あせた鉄製の階段を駆け下り、そしてゆっくりと走りだした。

徐々にスピードを上げていくと、視界がどんどん狭まっていく。まるで横に風の壁ができるような感覚がオレは好きだ。薄暗く狭い路地を抜けて大通りに出ると、街灯や車のヘッドライトに照らされてあたりは一気に明るくなる。さらにペースを上げる。

すっかり暖かくなった夜風が顔に当たり、全身に汗がにじんだ。

頭の中でいろんな思いが交錯する。幼少時代の思い出、現在の仕事やボクシングのこと、そして未来の自分についての想像が頭の中をぐるぐる回っている。

そこでふと思う。

（未来のこと？）

そんなことを考えている自分に驚いた。

これまで目の前のことしか考えず、過去の嫌なことばかりが頭の中を占めてきた自分にこんな感覚が芽生えていることに戸惑う。わずかにペースを落として目を凝らすと、見慣れない景色に足を止めた。

（あれ……どこに迷い込んだ？）

キョロキョロと周りを見渡す。考え事に夢中なあまり、知らない場所まで来てしまったのか？　まさか……そんなはずはない。だいたい家を出たのはほんの少し前だ。

いくら考え事をしていたにせよ、それはないだろう。

落ち着かなければと、深呼吸をする。そして改めて周囲を見渡した。

乾いた空気が漂っているのに気がつく。古ぼけた感じの花屋があったので、息を整えながら近づいてみる。フワリといい香りがした。花の香りだろうか。見れば店は古いのに、店先の草花は生き生きと咲いているかのようだ。花の名前などよく知らないけど、どの花も輝いて見えた。夜の街灯の下なのに、花ってこんなにきれいなのかと少し感動する。赤やオレンジ、紫に黄色の花たちを眺めていたら、心の奥がざわめいた。

黄色？　いや、待て。ひとつだけ、心に残る花の名前がある。あれはたしか……。オレは戸惑う。なんで、こんなセンチメンタルな、そして懐かしい気持ちになるんだろう。

花屋の横には茶碗を路上に積み重ねた昔ながらの瀬戸物屋や、レトロな時計屋があった。デジタル時計はひとつも見当たらず、文字盤のクラシカルな時計が並んでいる光景は、さながら昭和を思い起こさせる。ん？　あれは、本屋だろうか？　看板に掲げられた「倫敦橋書店」という文字がノスタルジック感を一層かき立てる。平成になってまだ何年も経っていないのに、昭和というワードがひどく古いもののように聞こえた。

見渡せば、誰もいない。どういうことだ？　さっきまで大勢の人がいる街の中を走っていたのに。

あ。

通りの向こうに、ひっそりと佇むバス停を見つけた。きっともともとは赤かったのだろうけど、色あせたのかピンク色の安っぽい樹脂製のベンチも見える。ベンチの横には場違いなほどの大きな木がそびえていて、長く伸びた枝が手を差し出すようにベンチに向かって伸びている。そして、その正面には学校帰りの子どもたちが群がりそうな駄菓子屋が佇んでいた。

どこだよ、ここは。まるで異空間に迷い込んだかのような錯覚に陥る。オレは頭を振った。

一瞬、背中のあたりがヒヤリとした。風が吹いたせいだろうか。いや、急に立ち止まったせいで冷えたに違いない。オレはひとまず持ってきたタオルで汗を拭こうと、バス停のベンチにウインドブレーカーを投げかけた。その時、何かの気配を感じた。

「わっ!」

思わず声を上げて、後方へ飛びのく。こんなところに人なんていただろうか?

誰もいないと思っていたベンチにおばあさんがひとり、背中を丸めて座っていた。灰色っぽい着物を着て草履を履き、長い白髪を束ねている。バスの案内を見れば、もう最終は行ってしまった時刻だ。こんな時間のバス停に着物姿の老婆なんて、ちょっと普通じゃない。

まさか……幽霊？　いや、そんなわけがない。だけど、もしかしたら……。

頭の中で必死に自分の想像を打ち消そうとするが、老婆から醸し出されるえたいのしれない不気味な雰囲気は、そんな思いを軽々と超えていくのに充分だった。そして、オレは驚愕のあまり、金縛りに遭ったように動けなくなった。

老婆がこちらを向く。表情は、ない。というか、わからない。緊張と何が起きているのかわからない状況で、完全にオレの思考は停止していた。

ふいに老婆が立ち上がる。そして、ベンチに置いたウインドブレーカーをジロリと見やると、しわくちゃの指でソロリとつまみ上げた。

「あ、ちょ、ちょっとおばあさん！」

老婆はオレの声など聞こえないかのようなそぶりで、それをベンチの隣の大きな木に見せるように掲げた。そして、伸びた枝にバサリと掛ける。

あ、枝が折れる。オレは思わず目を閉じた。しばらくして目を開けると、長くて細いその枝は、見た目以上に強靭なようで、ほとんど動いていなかった。

オレは声を上げる余裕もなく、ただその様子を唖然と眺めていた。まるで映画のワンシーンを観ているかのように……。

すると老婆はオレの顔を覗き込み、口角を上げてニィーッと笑った。

その瞬間、懐かしい光景がオレの頭の中に広がっていった。小学校への通学路。古いビルに囲まれた細い路地の一角に、小さなオアシスのような空間があった。あれは昔住んでいた家の近くにあった花屋だ。子どものオレが店の前を通りかかると、エプロンをしたお姉さんが「こんにちは」と笑いかけてくれた。オレはなんだか照れくさくて、うつむきながら「こんにちは」と返すのが精いっぱいだった。だけどある時、店先の黄色い花に目を奪われて思わず立ち止まった。いつもたくさんの花が並んでいてきれいだなと思っていたけど、その日見つけた花はオレに力のようなものを運んできた。一見どこにでも咲いてそうな、だけど数センチの小さな黄色い花が、まるで太陽に向かって力いっぱい咲いていて、なんだかたくましく感じられた。まるで小さなひまわりみたいだと思った。

「花が、好き？」

店から顔を出してお姉さんが声をかけてくるからビックリした。オレは首を振って、

「好きだけど……花なんて似合わないよ。オレんち、貧乏だし。オレもバカだし。花なんか飾る場所もないし」

そうぶっきらぼうに否定した。そうだ、オレに花なんて似合うわけがない。

するとお姉さんは、

「どうして？　花をきれいだと思うのに資格なんていらないよ。きれいだなと思えば、好きでいいの。ほら、きれいでしょ？　キミに似合うと思うよ」

そう言って飾ってあった黄色い花を何本か抜き取ると、手早く束ねて「はい、プレゼント」と言って渡した。

オレが受け取るか戸惑っていると、

「デイジーっていうのよ」と、手に花束を握らせる。

「デイジー？」

「そう。黄色いデイジーの花言葉は『ありのまま』。ずっと店先から見てたけど、キミは正直にありのままが一番いい。それがとってもカッコいい」

お姉さんは太陽のようにニッコリ笑った。

（正直に、ありのままに……）

気づけばオレは、アパートそばの路地にひとりで立っていた。

いつの間に戻ってきたんだ？　見渡せば、枝に掛けられたはずのウインドブレーカーが足元に落ちていて、拾い上げると黄色い小さな花びらがひらりと散った……。

まさか。いや、だけど、たしかにこの目で、さっき店先に飾られた黄色いデイジーを見たんだ。あれは夢なんかじゃない、現実だ。不思議なことに、オレはそう確信していた。

そしてなぜだろう、なんだか憑き物が落ちたような気持ちだった。そう、とてもスッキリしていたのだ。

そうだ、オレは遠い昔に大切なことを教えられていたじゃないか。

そんな気持ちになっていた。それを思い出したら、自分の境遇も素直に伝えられる気がした。いや、伝えるべきだと思った。

今度会ったら、彼女にちゃんと伝えよう。自分の本当の姿を、心の内を、ありのままに。

結果がどうなるかはわからない。

ただ、なぜだかわからないけど、それがオレにとって一番いい結果へと導いてくれるという確信めいたものがあった。

ワカの場合

別れは突然やってきた。

ある日、好きな食べ物の話になったときに、モトくんは「好きかどうかはわからないけど、卵かけご飯」と答えた。理由は、「唯一、自分で作れる料理だから」だそうだ。その時、初めてモトくんの境遇を聞いた。彼は今でいうシングルマザー家庭だった。離別なのか死別なのか、はたまたのっぴきならない事情があったのかは知らないけれど、彼の母親はスナックをやっていた。子どもの頃、母ちゃんが出ていった後にいつも卵かけご飯を食べていたんだ、姉ちゃんと一緒に。

モトくんは訥々と自分のことを話した。

「じゃ、夢はボクシングのチャンピオンになるとか？　賞金いっぱい稼ぐとか？」

そう聞くと、

「いや、たぶん違う」

そう言って、何かを決心したような表情になった。

「オレの夢は……自分の金で贅沢な食事をすることなんだ。誰にも何にも縛られないで、高い店で一番いい料理を頼んで、そしてわざと残すんだ。オレは胃袋が小さいからそんなにメシが入らない。だから料理をたくさん頼んで、自分の金で頼んでやったぞって、母親や姉ちゃんに思い知らせてやるんだ。そして、オレはこんなに高い料理を頼んで、それを残すっていう贅沢ができるんだぞって。あんたたちの人生とは違うんだぞってところを、見せつけてやるんだ」

そんなモトくんの話を、私は黙って聞いていた。

暗闇に浮かぶ彼の横顔は、ピュアでとてもきれいだった。

結論として、私はモトくんの言葉に胸を打たれたのだ。

けれども、それが何を求めてのものかはまた別だということも知った。

私は19歳で彼は18歳。夢を見るには最高の年齢だったけれど、夢のカタチが違った。

「ねえ、ちゃんと付き合わない？」

唐突に言った彼の瞳と、探るような試すような口調を、私は今も覚えている。

答える代わりに彼の手に触れた。テーピングの表面がザラッとして、この拳でいつか大きな舞台に立てればいいなと思った。夏の終わりで湿っぽい夜。9月になって、半袖でいるにはちょっと寒くて、やっぱり夏は永遠じゃない。

触れた手から、モトくんは別に私のことを好きなわけじゃないと直感した。好きだと勘違いしているだけ。なんだか孤独なときに、神様のいたずらでふと出会い、お互いがお互いを慰めるようにひととき一緒にいるだけの運命なような気がした。

　そして、私の口を突いて出た言葉は、

「ちゃんとは付き合えないや。モトくんは私なんかにもったいないよ。ごめんね」

だった。

　それから、モトくんとは会っていない。テレビで新しいチャンピオンが出るたびに気にしていたけれど、モトくんの姿を見ることはなかった。

19歳ならそのまま一緒にチャンピオンの夢を見てもよかったかな、とは思うけれど、何度このシーンをやり直しても私はきっと彼と「バイバイ」するだろう。

　どうして？　それは、きっと私が欲深いからだ。勝てるゲームをしたかった。私は必ず成功してみせると思っていた。若かったと言われても構わない。だけどモトくんは、たぶん小さなささやかな幸せを求める人だった。本人は気がついていないかもしれないけど、彼が望むのは「安心」だ。私がそれを備えていないことなど、自分が一番よく知っていた。

　幸せは人それぞれだ。大きな成功を望む人がいれば、お金持ちを望む人もいる。誰かのために尽くすのが幸せな人もいるし、上に立ちたい思いだって生きてゆく原動力になる。

私たちは幸せのカタチが違った。だから、サヨナラをした。

あの時、モトくんが初めて自分の思いを口にしてくれたおかげで決断できた。

心の内を見せなかった彼が初めてそれをしたことが、くしくも別れを決めさせた。

相手の本音を聞いて、まるで値踏みをするみたいなゲスな決断を私はしたのだ。なんだか、嫌な女だと思ってしまう。あれから四半世紀を経た。まさか、ここで、こんなかたちで再会するなんて、神様はなんというイタズラをするんだろう。

だけど、今日の彼の顔を見て、あの時の決断が間違っていないことがわかった。モトくん、いや、元木職人は立派になっていたから。そして、とても幸福そうだったから。きっと彼は自分が望んだ幸せを手に入れたのだ。

よかったな、モトくん。お互いに。

私はメジャーでドアのサイズを測る彼を見て、感慨に耽っていた。

＊＊＊

「あれ、ワカどうしたの？　お尻でも痒いの？」

うれしいような、安心したような、なんというか妙な表情をしている妻に、僕は聞いた。

「……ケツ、いやお尻が痒いわけないでしょう……今、私ね、感慨深い思いでいっぱいなんだけど、わからないかしら……」

「感慨？　わかった！　お土産の玉こんにゃくがうれしくて感動してる。イテッ！」

ワカは僕のケツ、いやお尻をバチンと叩くと、源さんたちを追うように部屋へ戻っていく。僕は意味がわからずに首を傾げる。

「タカさん、世の中には知らなくてもいいことがあるのですよ」

そんな黒龍さんの声が聞こえたような気がして、僕は思わず振り返る。繰り返しになるが、僕に黒龍さんの言葉は聞こえない。気のせいか。

「しかし、ひたすら空気を読めんところが、おまえのいいところかもしれんな。ガハハ」

そんなガガの高笑いも、もちろん……聞こえない。

僕は作業をする元木さんと話をしてみる。

「へえ！　元木さんのお子さんは中学生か！　カッコいいパパできっと自慢でしょうね」

「だったらうれしいんですけど。でも、女の子だから、もう難しくて。それに最近反抗期がひどくて、実は手を焼いています」

「モト、そのうちな、お父さんのパンツと一緒に私の服を洗わないで！　なーんて言われるぞ」

「いやあ、実はもう言われてるんですよねぇ」

源さんのツッコミに、はにかみながらもうれしそうに返す元木さんの言葉が、弾んで聞こえた。

聞けば彼の前の親方は、周囲との揉め事が絶えなかったらしい。それでもここまでやってこられたのは、元木さんがうまく取りなしてくれていたからだという。しかしそんな親方もついに家族に愛想をつかされて気力をなくし、仕事をたたむことになった。そして最後の愛弟子を源さんに託したのだという。

なるほど。穏やかに見えるこの人も、いろいろと苦労をしてきたんだな。

本当に人っていろいろあるよ。表に出さないだけで、いろんなことがその奥には埋まっている。そう思って眺めると、元木さんの後ろ姿がなんだか眩しかった。

だけど、コーヒーが苦手というところは子どもだな。僕も昔はコーヒーが苦手だったけど、今では生活に欠かせないくらいに好きなのだ。顔もスタイルも男っぷりもなんとなく劣勢だけど、これだけは僕の勝ちだな。ふふふ、どうだ。
ん？　そこでふと我に返る。
なぜだろう？　別に彼と張り合う理由なんて、ないんだけどなあ。

第5章

秋世さん

「いいかね。異なる価値観を認める、とよく言われるだろう？」

偉大なる龍神は、夜空にプカプカ浮きながら言った。

「はいはい」と、僕は軽く相槌を打つ。

「たしかに人間は異なる価値観に触れてこそ新たな発見ができる。そして、そこから成長につながるわけだが、身近な者同士、例えば家族間で価値観が異なると実に厄介だがね」

「ま〜、なんとなくでいいからマルっと同じ方向を向いてたいわね、近い人間同士は」

「さよう。家族は似た価値観を持つ者同士のほうが、ストレスを感じずに過ごせる。軽いグチを言い合えるのも、そんな家族間ならではだ」

「家庭って本来は安らぐ場所ですしね」

たしかに、同じ屋根の下でまったく異なる価値観がぶつかり合ってはたまらない。もちろんすべてがそうでないにせよ、おおむね似た感覚や価値観を共有できる環境のほうがいいと僕も思う。目的や生き方やライフスタイル、食べ物の好みに人生観。最初からは無理でも、少しずつ折り合わせていきたいものである。そういえば長年連れ添った素敵な夫婦が似た表情になってくるのも、もしかしたらそういうことが関係しているのだろうか。根本的に生き方が違う……、そう感じたら、どんなに好きであっても別れたほうがお互いのためになる場合だってあるかもしれない。

僕が納得の表情で頷くそのタイミングで、ワカが核心に迫る。

「んで、ガガは何が言いたいわけ？」

すると龍神はうむ、と頷く。

「最近、どうも我がないがしろにされている気がするがね。おまえらには、あくまでも龍神ガガを第一に敬う価値観を共有してほしいのだよ！」

なるほど、それが言いたかったのだな、と僕は苦笑する。

「そりゃ押し付けだわ、なんて龍神だ」

「うん、そうだね。ガガさんは大事な家族だけど、自分を一番に敬えなんて粋じゃないなあ」

なので、と僕とワカは阿吽の呼吸で立ち止まり、ガガに向き直る。

「ガガさん、今までありがとうございました。バイなら～」

二人で声をそろえて手を振ると、ガガが慌てて叫んだ。

「な、な、なに⁉　こら、おまえら！　我を捨てる気かね⁉　それでは、我はまたノラ龍に逆戻りなのだ。龍神虐待反対！　居場所を奪うな！」

と、真っ白になっている。いや、ガガはもともと白かったが……。

「冗談ですってば。そもそもガガさんあっての僕たちですから」

しかしガガは、胡散くさそうな目を向ける。

「ううむ、イマイチ信用ならんがね」

ええ？

「タカや、忘れたとは言わせんぞ。おまえが一度、我を追い出したことを！」

「い、いやいや、追い出した覚えなんてありませんってば」

慌てて否定する。たしかに僕の行いが逆鱗に触れて一度ガガが激怒したことはあるけど、それはあくまでガガが勝手に姿を消したわけで、あの、その、しどろもどろ。

「おまえは、自分がうまくいかんときに『てめぇホントに龍神かよ？』『龍神ならちゃんと願いを叶えろってんだ』、『おまえの母ちゃんでーベーそー』と、散々我をイジメたがね。それは立派な龍神虐待なのだ！」

うっ。だいぶ誇張されてはいるが、思ったようにいかないときは確かに悪態をついた。だけどそのくらいは人間だもの、よくある話じゃないかと僕は必死に弁解する。

そして、最後の「おまえの母ちゃんでーベーそー」は言った覚えはない。だいたい、龍神にへそがあるのか⁉　いや、ない！（たぶん）

するとガガはため息をつきながら語る。

「ふう〜。あれはツラい思い出だがね。傷ついた我は、曇天のなかを流浪したのだ。バックミュージックには、『るろうに剣心』の映画音楽が流れていると思いたまえ」

　なんか語りだしたぞ、ヘンテコな龍神が。

「その時、我はとあるスナックに居候していたのだよ。カウンターに飾ってある小さな噴水のオブジェに宿ってだな……」

「スナックの噴水に？　そんなバカな」

　ガガの熱弁にツッコミを入れる僕。たしかに龍神は水神と称されるほどに水との相性がいい。依《よ》り代《しろ》（神様が依り憑く場所）として噴水に宿っても理論上はおかしくないけれど……。

「まあ待て。タカに追い出されてホームレス龍神になった我は悲しみのあまり泣き、腹をすかせ、絶望し、もうどうにでもなれと風に身を任せたのだよ。そして、気がつけばボロボロになって福岡まで流れ着いたのだ。なんと、ドラマチックなことか」

　本当かなあ。僕とワカは目を合わせる。

「そしてたまたま、ある一軒のスナックに入った。下戸《げこ》の我がやけ酒を飲もうと入ったのだ。だが、店の者には我が見えんかった。そして、やはり我は下戸だった。酒のにおいでやられそうになり、えらいこっちゃと慌て、なにか栄養になるものはないかと店内を見渡した。その時だ！」

　クワッと目を見開いて、ガガが言った。完全に名優気取りである。別にいいけど。

「我はカウンターに、小さな噴水のオブジェを見つけたのだ。助かったと思ったがね。ひとまずそこに宿ったというわけさ。ふう〜」

　なんちゅー龍神だ。普通は、森の湖とか滝とかに帰るんじゃないのか？　ま、ガガはネオン街が好きな龍神だからな、仕方がない。

「で、そのスナックはどうなったわけ？」

　ワカが面白がって聞く。

「それがだな、驚くほどに繁盛したのだよ。少々寂れたスナックだったのが、どういうわけかみるみる客が増えていったのだ。売り上げも倍増してみんな驚いていたがね」

　そうやってガガが満足げに胸を反らせる。龍神様の面目躍如というところか。

「龍神、小さなスナックを救うってわけね」

　物語にできそうだわ、とワカがカラカラと笑った。

「おお、それはいいがね！　よし、タカや！　我をヒーローにして物語を書きたまえ。題名は『龍神、博多のスナックの救世主となる』でいこうではないか！　出版社に連絡しろ」

「だけどそんなことって実際にあるんですかねえ？」

ガガの提案を軽くスルーして、僕が疑問形で返す。すると不服に思ったのか、

「なに！　おまえら我を疑うのかね？　けしからん！　我だけではないのだ。ほかにも我の先輩でクラブやＢＡＲを宿代わりにしている龍神もけっこうおるがね。やはり店内に置かれた噴水のオブジェに宿っていて、たまに遊びに出かけたり、そんな龍神生活を謳歌している」

「もしかして、ガガ。その先輩龍神たちのマネをしたんじゃないの？　あ、こっちだ」

道を確認しながらワカが言う。ってか、先輩後輩の龍神、部活じゃないんだから。

「そして、その店も繁盛したようだから、やはり我々には運気を呼ぶ力があるのだ。すごいだろう！」

そう言ってガハハと笑い声を上げた。自画自賛の龍神様、さすがである。

そんな、人間の耳には届かない龍神様の賑やかな笑い声を響かせながら、僕たちは目的地へたどり着いた。国分町《こくぶんちょう》だ。日が沈み、空は藍色に澄んでいた。煌びやかなネオンの明かりが、儚げで艶っぽい。

あらかじめ聞いていた店は、定禅寺通《じょうぜんじどお》りから少し入ったところにあるようだ。この街でBARを経営しているヨーコママと出会ったのは数年前、あるパーティーの席だった。さすがは経営者らしく、あちこちのイベントや会合に潜り込んでは、いろんな業界の人と仲良くなってお店に来てもらっている、したたかな……いや、商売上手な女である。

「このあたりも寂しくなったなあ。昔はこんなもんじゃなかったのよ。もうめちゃくちゃ煌びやかだったわけ」

街をぐるりと見回しながらワカが言う。東北随一の歓楽街と言われる国分町。僕からすれば今でも充分に賑わっている気がするが、近年は仙台駅周辺の発展が著しいためか、店の明かりや歩く人の数は昔とは比べ物にならないという。

「そういえばキミも昔、国分町にいたんだよね？」

何とはなしに尋ねると、妻は「うん」と笑う。

「お金貯めるのに1年だけ、あるBARにね。正式には13カ月と8日」

「1年ちょっとか」

「そう、ほんのちょっと。だけどその時に人生の、いや、今の私になる基礎を学んだわけ。今にして思えば本当にすごい勉強だったわ。私さ、あの頃に人のいい面から悪い面まで、いろんなものを知ることができたと思ってる」

妻は目を細めて夜空を見上げる。藍色の空に銀色の薄雲が流れる。まあるい月が雲に隠れてはまた顔を出し、彼女の横顔を照らす。

ワカの場合

一時期、いわゆる水商売に足を踏み入れたことがある。理由はシンプルで、お金が必要だったからだ。

モトくんと別れた後も日常は続く。私は自分の夢のために勉強しなくてはいけなかった。日中のアルバイトだけではお金を充分に稼げず、短時間で稼げる仕事を探した。

なぜこの世界を選んだかというと、簡単そうに見えたからだ。ただ、酒場でオジサンにお酒を注いで笑っていればいいだろうと高をくくっていた、世間知らずの小娘だったからにほかならない。

ある時、昼のアルバイトで知り合い、別の場所で働くようになってからは疎遠にな

っていた秋世さんとたまたま出会った。話しているうちに何かの拍子でそうした話になり、

「だったらアタシが知ってる店を紹介してあげようか」

彼女がそう言ってくれて、ラッキー！と思った。

ただ、心の底では私はこの人が苦手だった。彼女は私より少しお姉さんで、以前のアルバイト先でも「これはアタシがやったげる」「アタシがしておいてあげたよ」と、頼んでもいないのに世話焼き気質というか、いわゆるちょっと重い人だったのだ。その都度こっちも何かお返しをしないと、と考えた。思えば、恩を着せすぎると相手の負担になると学ばせてくれた、最初の人かもしれない。

とはいえ、一から店を探すよりもラクだし、知り合いの店ならおかしなことにはならないだろうと、私はなんとも甘い考えでいたのだ。

秋世さんはスナックを紹介してくれた。本当に小さな店で、4、5人が座れるカウンターとテーブルが2つあるだけだった。

ママは30代半ばで、美人ではないけどいい人だった。

こっちは面接のつもりで行ったのだけれど、たわいない話をしただけで、週1回か2回という約束ですぐに採用になり、「なんでも相談してね」と言われた。

よかった、と思う半面、大丈夫かなという気持ちも心の片隅に生まれた。

店を見回すと表向きはきれいだけど、隅っこにホコリが目立ち、手書きのメニュー表がお酒やなんやらでベタついているのが気になった。

でも、詳しく知らない私は、この世界はこんなものなんだと言い聞かせ、「最初から親切なお店に当たって私はとてもツイている」と思うように努めた。

ただ、やはり幼かった。社会がそんな上辺だけで成り立っているなんて今では思わないけど、当時はやはり何も知らなかったのだ。

まず、働くのに「契約書」がなかった。もちろん、知り合いの紹介だし、その道の経験もないし、言ってみればお手伝いに毛が生えたような存在だ。それでも、おおむねの約束事は欲しいと思って、ママに一度話してみた。

例えば、シフトのこととか、見習いを含めた時給のこととか、もしかしたらノルマとかもあるのかなと思い、わからないことを聞いた。

そのすべてに明快な答えは返ってこなかった。

「いいのよ、適当で。とにかく客に酒をいっぱい飲ませてちょうだい」

店にやってくるお客さんは40代が多かったと思う。だいたいが水割りを頼んで、一杯飲むのに時間をかけていた。水割りよりも割のいいロックを飲んでほしいなと思ったけれど、口には出せなかった。

多くが自分の懐事情を「寂しく、厳しい」と言い、なるべく安く上げようとするお客さんばかりだった。おつまみのナッツを、

「これいらないから、その分を値引きしてよ」

というお客さんもいた。

給料は週ごとだった。最初の給料は思ったより少なくて、聞いていたのと全然違うなと思って何げなく伺ったら、半年くらいは見習い的なことをやんわりと言われた。

（それは困る）

そう思ったが、紹介してくれた秋世さんの顔をつぶすわけにはいかないし、空いた夜の3時間を4000円に変えられるのだったら、何も言えない。なんせ2回出勤すれば8000円になるのだ。これが4週間だったら3万円を超えるわけで、昼の時給780円×6時間と比べたら断然割がいいと思っている私がいた。

だけど、実際は大変だった。なんせ洋服は自腹で、交通費も出ない。

親には居酒屋でバイトをしていることにしていたから、派手な服を家に置いておけない。だから汚れてなければ、ユニフォーム感覚で同じ服でもと思ったけど、これにいい顔をされなかった。

「洋服代をケチってると思われるから、同じ服を着ないでよ」

仕方がないから友達に相談して、薄いブルーのスーツやネイビーのワンピースなんかを借りた。

タダで借りるわけにいかないので、ガストでランチをごちそうしてごまかした。本当は服を貸してくれた子たちも、もうちょっと何かを期待していたのかもしれない。

私も素直に「ごめんね、お金がなくて。今はこれで勘弁して」と言えればよかったのだけど、中途半端なプライドが邪魔をして、それは言えなかった。

「なんでここでバイトしてるの？」って聞かれても、「うーん、まあ、人生経験みたいな？　いろんな人の話を聞いて社会勉強になるし、まあ夜は暇だし、暇つぶしですよ」なんて精いっぱいの虚勢を張って、はぐらかした。

一方で「人に借りを作りすぎると、やがて身動きが取れなくなるかも」という気づきも芽生え始めていた。それに、お酒の席は想像したよりもつまらない空間で、話題はたいてい、会社や誰かの悪口や下ネタ、それから奥さんや世の中に対しての不平不満、そしていちばんは「お金」のことだった。みんなお金を物欲しそうに見るくせに、決してお金が欲しいとは言わず、自分のところにこない金が悪いと酔っぱらって言っていた。

ここにいたらダメになると思ったので、ひと月で店をやめることにした。

「通えなくなったのでやめたいんです。お世話になりました」

正直にそう言ったけど、ママに引き留められた。

「時給も上げるし、交通費も出すからもうちょっといなさいよ」

だったら、もっと前からそれをやってほしかったと思いつつ、すみません、と頭を下げた。

そうしたらその夜に、秋世さんから電話があった。私は正直に、店をやめることとお世話になったお礼を伝えた。

秋世さんは怒って電話を切ってしまった。そして、その後しばらくして、昼のアルバイト先の私宛てに請求書が送られてきた。

それは彼女のツケの請求書で、その内訳は「紹介料」となっていた。

雑な手紙が添えられていて、その内容は、苦労することなくお店で働けたのは自分の紹介あってのことだから、その対価としてボトルを入れていた。それだけは払ってほしい、というなんとも後味の悪いものだった。

やっぱり自分の手足を使って動かないと、ロクなことにならないと痛感した。

後腐れが残るのは嫌だったので、正解か不正解かはわからないけど、それを1円単位まで払った。そして、今後は関わり合いたくない旨を書面で伝えた。

秋世の場合

「ごめんね〜、秋世ちゃん。また今度ね」

一方的に電話が切れる。

吉田のオヤジもダメか……って、今度って何回目なのよ？

なんのためにこないだ旅の土産買ってきてやったと思ってるんだ、金返せ。

心の中でそう毒づいて、アタシは舌打ちをする。

気晴らしにゲームでもしようとゲームサイトを開くが、携帯電話の電池が残り僅かになっていてまたもや舌打ち、今度はテーブルの上のタバコの箱をつかみ取る。しかしカラになっていたことを思い出すと、今度はそれを壁に投げつけた。

（やってらんない。ムシャクシャする）

ドスンと床に寝転がると、殺風景な天井が目に入った。隣の部屋の生活音が聞こえる安普請のアパート。ところどころにシミが見えるのは雨漏りの跡だろうか。

雨漏りか。アタシの人生もいつも雨漏りしていたような気がする。

両親は大昔に離婚した。弟が母のおなかにいるときに父親が浮気したのが原因らしいけど、本当のところは知らない。だいたい、母親だって浮気していたかもしれない。父親が同じかどうかだって怪しいのだ。母はスナックで働きながらアタシたち姉弟を育てた。とはいっても、暮らしはいつもキツかった。アタシはなんとか専門学校に行ったものの肌に合わずすぐにやめた。あんなに試験や実習があるとは思わなかった。考えてみれば学校で学ぶよりも、社会に出たほうが勉強になる。そのほうが効率的だ。なんの？　そんなのお金を稼ぐことに決まってる。

そう考えると、弟が羨ましくなった。なぜなら弟は早い段階で働き始めたからだ。すでにけっこう稼ぐようになっているかもしれない。働いて3年くらい経てば、そこそこ貯金もできたんじゃないだろうか。

正直、血を分けた姉弟だなんて思ったことなど一度もない。いつも誰かの顔色を窺い、本音は口にしない。学校に行かなかったのも家に金がないからに違いない。だから自分はみんなの犠牲になって学校にも行かず働きます。

そんな当てつけがましいことをして、いったいどういうつもりなんだか。言葉もなくアイツと目が合うと、責められているようでイラついた。しかも、弟はお人好しで、そこも鼻持ちならなかった。他人なんてうまく使えばそれでいいのに。一緒にいるといまいましくて、いつしかアタシは家を出た。

アタシは昔からうまく立ち回る子だった。これは母を見ていて知ったことだ。

「あんたたちのためにしてあげてるのよ」

「誰が働いたおかげで学校に行けると思ってるの」

「ご飯を食べられるのも、お母さんのおかげでしょ」

恩着せがましくいう母親でウザかった。

だけどアタシはそこから学んだ。

恩に着せられると、子ども心にも「何かお返ししなきゃ」という心理が芽生えることに気がついたのだ。なのでアタシも、それを大いに活用することにした。

学校でも、

「消しゴム忘れたの？　貸してあげるね」

「持つの手伝ってあげるよ」

そんなふうに言って手を出すと、「秋世ちゃん、ありがとう」と言って給食を多めにしてくれたり、下ろしたばかりの真新しいノートをくれたりして、だいたいのクラスメイトが何かお返しをしてくれたのだ。だけど所詮は子ども同士、大した見返りは期待できない。だから近所の大人たちにもするようになった。そしてそれは、笑えるほどに効果てきめんだった。ほんの少し草むしりを手伝っただけで甘いお菓子をもらえたり、人によってはお小遣いをくれることさえあったのだから。最近テレビで知ったけど、これを返報性の原理というそうだ。相手の厚意に「何かを返したい」と感じる心理のことらしい。それを小さい頃からしていたのだから、アタシはなんて頭のいい子だったのかと思う。

そしてアタシは今でも周りにせっせと恩を売っている。帰省したときに500円のお菓子を買って、お客さんにニコニコ笑って手渡すのだ。それで、意外と同伴がもらえた。なのに最近はうまくいかない。周りからどんどん人がいなくなっているのは気のせいだろうか。そして、今日も吉田のオヤジからやんわりと同伴を断られた。

時計を見ると、もう出勤の時間だった。

アタシは適当に化粧を済ませると、履き古したパンプスにギュッと足を突っ込んで、アパートを出た。

もともと母親の店や知り合いのスナックで働いていたが、数年前にバブルが崩壊してから景気は一気に落ち込んだ。気前がよかった客も金を出し渋るようになった。景気が悪くなると真っ先に影響を受けるのが接待を伴う業界だ。母に付き合っていては、いつまで経っても貧乏なままだとアタシは焦っていた。懐事情も青色吐息で、本当にこれはヤバいと感じ始めたとき、知り合いから頼まれてやってきたのがここ福島のスナックだった。

そこは地元の若いママがひとりで切り盛りする小さな店だったが、いつからか不思議と客が増えだして経験のある子を探していたという。よくママは「いつか大きな街で、静かな店を出したいのよ」と、自分の夢を語っている。ま、正直あの程度の女では無理だと思うけど。夢くらいは誰でも見ていいんじゃないかとアタシは思う。

ママが用意してくれたアパートは店の近くなので、交通費はかからない。ただ、遠くてもいいから、もう少しまともな部屋を用意してほしいというのが本音だ。いくらタダだからって、こっちは若い女なんだし少し気をきかせてほしい。そういうところが、都会で店なんて無理だよ、と思う所以なのだ。

自分に対する扱いを考えると、だんだん腹が立ってくる。同伴が取れないことも、結局はお土産のお菓子にムダ金を支出したことも、安っぽい部屋にも、空っぽのタバコにも、それから……せっかく紹介してあげたスナックを短期間でやめ、アタシの顔に泥を塗った知り合いの顔をなぜか思い出して、無性にムカついた。

気づけばかなり足早に歩いている。夕方の静かな街に、カツカツと自分の足音が響いている。力を入れているからか足に痛みを感じて立ち止まり、ふと周りに目をやった。

……おかしい。

どのくらい歩いただろう。店とアパートは5分とかからない距離なのだ。大きな一本道を歩けば、すぐにたどり着く。なのに、気づくとアタシは見慣れない場所にいた。いつもとは違う街並みが目の前に広がっている。まさか、道を間違えた？　そんなはずはない。目をつむってても間違わないような歩き慣れた道だ。間違うことなんてありえない。

自分が置かれた状況に少しだけ焦り始める。見回せば、なんだかやたらと古くさい街並みが視界に広がっていた。

寂れた花屋に瀬戸物屋、おんぼろな雰囲気の時計屋が並んでいる。その風景が一瞬、子ども時代に戻ったかのような気にさせた。時計屋の隣には本屋があり「倫敦橋書店」という看板が掲げられているが、店のガラス戸は閉じられている。店じまいしたのか、それとも定休日なのか……。

アタシはなんとなく店の前まで行って覗き込む。小さいながらも本がぎっしりと並んでいた。手前には新刊が見やすい高さに並べられ、壁際の棚には出版社や著者別だけでなく、色合いや大きさまでも配慮して並べられているのがわかる。そんな光景を見ていたら、こんな感じの古本屋が昔、近所にあったことを思い出した。本が大好きで古本屋を始めたという変わり者のおじさんがやっていた店だ。もうずっと行ってない。というか、あの店はまだあるのだろうか？

本屋のガラス戸には「ＣＬＯＳＥ」の札が掛けられていた。周辺のお店も一様に閉まっているようだった。そこでアタシは、初めて周辺に人けがまるでないことに気がつく。さっきまで歩いていた路地には、会社帰りのサラリーマンがいて、買い物をしている人たちも見かけたのに。

（なんなのよ、一体）

目をつむって左右に頭を振った。

（これはきっと夢か何かで、そのうち目が覚めて……）

自分に言い聞かせるように強く念じて、アタシはパッと目を開ける。

（うそ）

絶望的な気分になる、景色は何ひとつ変わっていない。

道路の向かい側にバス停を見つけた。薄汚れたベンチがひとつ置いてあって、そばにはなんだか不気味な木が生えていた。そこから一本の長い枝が、まるで人の腕のようにベンチに伸びていて、気持ち悪かった。枯れかけていて瑞々しさはまるでなく、あたかもやせひからびた老人の腕のようだ。こっちへおいで、おまえみたいなやつは地獄が歓迎するよ……まるで、そんなふうに誘われている気がする。この枝に触れれば、どこかへ引きずり込まれるのではないか……。

真向かいに、貧乏くさい駄菓子屋がポツンと見えた。目を凝らすと店の中には何かのポスターが貼ってあり、どうやらそこにはお地蔵さんの画が描かれていた。

今いる場所を確認すべく、アタシはバス停に近づく。興奮しているせいか、体がほてっている。着ていた上着を脱ぐと、腕にかけてバスの路線図に顔を近づけた。その時、ビュンと風が吹いた。そして、見てしまった。突然、目の前に現れた存在を。

「！」

驚いたアタシは、バッグや上着を投げ捨てて激しく尻もちをつく。

「痛っ……」

自分でも驚くほど派手に転んだ。パンプスも脱げてしまっている。

うそ。なにこれ、何なの？　この人、どこから出てきたの？

目の前に立つのは、小汚い着物姿の老婆。長い白髪にねずみ色の安っぽい着物姿のその存在は、自分が想像した地獄の使者を思わせるに充分な雰囲気を持ち合わせていた。

老婆はアタシをジッと見る。なんだか笑ってる表情にも見えた。向こうがアタシを見下ろして、まだ腰を抜かしたままのアタシが見上げているからか、そのバケモノじみた何かが、やたらと大きく見えた。

身動きが取れずにぼう然とする。ザワザワと風が頬をなで、思わず我に返った。

「きゅ、急に出てこないでよ！」

感情のままに声を荒らげる。えっちらおっちら立ち上がると、バッグから散らばった小物や上着を拾おうと手を伸ばす。その時だった。老婆はのっしりと前に出て、アタシの上着をむんずとつかみ上げたのだ。

「ちょ、なにすんのよ！」

アタシの声など聞こえないかのように、そのまま上着を街路樹の枝へ高く放り投げる。

一瞬の出来事に思考が追いつかず、アタシは視線だけで弧を描きながら、スローモーションのように落下する上着を眺めていた。

バサ。枝の上に上着が落下する。ググと枝が折れんばかりに大きくしなる。垂れた袖が地面に接触する。安物の上着がこんなに重いはずはないから、この枝がいかに貧弱かと漠然と考えていた。

するると老婆は息がかかりそうなくらいに顔を近づけて、くぼんだ眼窩でアタシをジッと見た。

その瞬間、昔嗅いだことのある懐かしい匂いを感じた。

……これって。

子どもの頃に古本屋さんで嗅いだ、インクの匂い？　アタシは本のページから立ちのぼるインクや古い紙の埃っぽい匂いが好きで、よく本に顔を近づけて嗅いでいた。それを本屋のおじさんに見つかって怒られるかと思っていたけど、おじさんは自分も本棚から本を取り出すとこう言った。

「本の匂いっていいよね」

「……うん」

怒られると思っていたアタシは、ホッとしたような照れくさいような感情でおじさんから視線をそらすと店内を見渡した。古本とは思えないほど、丁寧に並べられた本たちを見て、ふとこんな言葉が出た。

「古本屋さんって、儲かるの？」

自分の家が貧乏だからか、そこが気になっていた。だから率直に聞いてみた。けれどおじさんは嫌な顔ひとつせず、

「僕は本が好きでねえ。儲けが出るかどうかと聞かれれば、あんまり出てないかなあ。だけど、自分の好きな本を集めて、それを気に入ってくれる人がいて、みんなが楽しんでくれたらいいなって、ただそう思ってやっているんだ」

「もし喜んでくれなかったら？」

「はは。好きでやっているのは僕だからね。それだけで幸せだから、もし共感してくれる人がひとりでもいたらラッキーだと思っているよ。だから僕は毎日が楽しいのさ」

そういえば、この本屋さんでは本好きな人が集まってお話し会みたいなのもやっていた。本好きの店主がいて、本を好きなお客さんが集まってくる。みんなが笑顔になれる場所を広げたいというけれど、そういう心理がアタシには不思議でならなかった。

「ああ、今の話も僕が好きで言ってるだけでね。いつか理解してもらえたら、おじさんはラッキーだ」

そう言って、紙風船みたいに顔をクシャッとさせて笑った。

気がつくと、アタシは店に行くいつもの道に佇んでいた。

不気味な老婆は、もういなかった。上着が道端に落ちていて、パンプスもそばに転がっていた。通行人もいる。慌てて、パンプスと上着を拾い、身につけた。

チクショー。なんで今、あの時のことを思い出すんだろう。

生きていくにはうまくやらなきゃいけない。「仕方なくやる事」、それが仕事じゃないか。だから仕事は楽しくない。できればしたくない。ましてや、みんなが楽しむためになんて、ちゃんちゃらおかしい。アタシはあんなお花畑頭の古本屋のオヤジみたいになる気はない。


カランカラン。

ドアを開けると、店にはすでに客がいた。カウンターには、控えめに座った若い男の背中が見える。

ママが「秋世ちゃん、あなたまた遅刻よ。遅れるときは連絡を頂戴と言ったでしょう?」と咎《とが》める。ったく、うるさい人だ。遅れたといっても、ほんの10分かそこらじゃないの。腹立たしいが一応は雇い主だ。

「はぁい、ごめんなさい」と形だけは謝っておく。と同時に、「ほんと、すみません」と、カウンターの客がママに頭を下げ、その後こちらを振り返った。

「龍太……あんた、なんで？　何しに来たのよ」

弟だった。アタシの苦手な、「いい人」である弟。久しぶりだったけど、懐かしさよりも猜疑心が先に立ち、つい尖った口調になる。

「先週から現場こっちで。姉ちゃんがちゃんとやってるか心配で、見にきた」

小さい声だがしっかりと話す。弟は大工の見習いをしている。心配？　余計なお世話だ。大工の見習いごときでいっぱしに社会人気取りしているあんたに心配されるほど、落ちぶれちゃいない。

「秋世ちゃん、いい弟さんじゃないの。ビックリしたわ、お店の前にこの子が立っていて、姉がいつもお世話になってますって。お土産までくれたのよ」

ママが歌うように話す。弟の前には、ウーロン茶が置かれていた。

「母ちゃんも心配してたぞ。迷惑かけずにちゃんと仕事してるかって」

「いらぬ心配よ、ちゃんとやってるんだから。ねえママ？」

言葉を向けるがママは頷こうともせず、意味ありげに笑って、タバコに火をつける。

少しの間があり、はやりの歌謡曲が有線から流れていた。

「じゃ、姉の顔も見たので帰ります。ウーロン茶、ごちそうさまでした」

場の空気を読んだのか、弟が席を立つ。

「あら、もっとゆっくりしていけばいいのに。とはいっても、未成年なのよね？　大人だったら売り上げに貢献してって言えたのに、残念」

「あ、いや……オレたぶん大人になっても酒とか飲めないと思います。ってか、コーヒーなんかも苦手で」

「お酒なんて気がつくと飲めてるもんよ。その時にまた顔を出してちょうだい」

ママはゆっくりとタバコの煙を吐き出す。心なしか、アタシよりも弟に心を許しているように感じて、なんだかモヤッとした。弟がまた頭を下げた。その時だった。

「あ、ママさん。このインテリア、なんというかいいっすね……カッコいい」

弟がカウンターの端にあるそれを見つけた。それは丸い透明な玉が水流でくるくる回り、その周囲に龍が象られた小さな噴水だった。

「あら、よく気づいたわね。実はこれ、この店の守り神でね」

ママが声を弾ませた。

あの噴水のことならアタシも聞いたことがあった。バブル崩壊後、客足が落ちて困っていたら、

「風水では龍はとても縁起がいいんだよ。それに水を組み合わせたインテリアは、開運効果があるらしい。これを飾ればまたお店も繁盛する」

と、なじみの客がプレゼントしてくれたそうだ。

そんなの迷信に決まってるのに、この人は本気で信じて飾るのだからおめでたい。その客は恩を売ろうという魂胆があったに違いない。ママは美人の部類に入るから、下心もあったのだろう。はん。どうせあれだって安物に決まってる。

だけど、あれを飾ってから客が増え始めたのは事実らしかった。毎日お店は満員になり、人手が足りないということでアタシが手伝うことになったのだから。

「オレ、名前が龍太だから縁起いいかも。今の現場仕事が終わったらテストがあるので、願掛けしてもいいっすかね」

「もちろん」

弟は小さく柏手を打つと、噴水に向かって手を合わせる。アタシはそれをシラケた思いで見つめる。中卒の大工見習いが、一体何を願ってるんだか。

「どんな願掛けをしたの？　テストって言ってたけど、建築かなにかの？」

「いえ、プロテストです」

「プロテスト？」

「はい。ボクシングのプロテストがあって、チャレンジしようって決めて」

「すごいじゃない！　頑張って！」

ママがはしゃぐ。プロテスト……こいつが。一緒に住んでいるときにボクシングを始めたのは知っていたけど、偏屈な親方に怒鳴られる鬱憤を晴らすためと思っていた。そこまで考えていたなんて意外だった。

「やってみないとわからないけど、頑張ります。オレずっと中途半端で、自分の未来なんて考えてもムダだっていろいろ諦めてたんですけど、チャンスがあるのにそれと向き合わないのはもったいないことに気がついて。で、自分に正直にやってみようって決めたんです。だから、今も、そのままの自分で過ごせますようにって、龍に誓いました」

はにかむように言う。そこには、以前のような優柔不断な面影は感じられなかった。

弟は改めてママに礼を述べると、店を出ていった。「じゃ、姉ちゃん。元気で頑張れよな」と言って。

どこか希望に満ちた立ち居振る舞いが、妙に憎たらしく思えた。

それからほどなくして、アタシは店をクビになった。

「ちゃんと話を聞いてよ。アタシがどんな思いでここに来たと思ってんの！」

恥を忍んでやってきたというのに。こんな惨めな思いを抱えているというのに。

アタシは憤って相手を怒鳴りつける。しかし、

「どうか大きな声を出さないでください。ご病気ではないのですよね？　でしたら、お仕事はあると思いますよ。ちゃんと探されましたか？」

相手は涼しい顔だ。そして、提出した書類を指さしながら、

「それにですね、あなたにはお母様も弟さんもいらっしゃいます。こちらとしては、まずご家族に相談していただけないかと」

「もう、それができないから来たんじゃないの！　だったら金返せ！　これまでいた店の給料からたっかい税金引かれてたの、知ってるんだからね！」

「どうかお静かに。あの、税金を納めるのは国民の義務ですから」

「だったら、こういうときこそ国はその恩に報いるべきでしょうが」

ムカついてカウンターを叩く。周りの冷たい視線を感じるが、そんなの知ったことか。そもそも、アタシがこれまでやってきたことへの恩に対してちゃんと返そうとしない社会が悪いんだ。アタシはそこに思い至り、市役所の保健福祉センターで生活保護をしてくれるよう訴えていた。だが職員の対応はけんもほろろ。

「もう一度ご説明しますと、生活保護はあくまでも最後のセーフティーネットという位置づけなのです。ですので、あなたのように若くて働ける方やご家族がいる場合は、まずはそちらを検討していただきたいと、そう申し上げ……」

「もういい！」

相手が言い終わらぬうちに、アタシは持っていた書類を投げつけて出口へと向かう。

「あ、ちょっと！　元木さん、元木秋世さん！」

なんでアタシがこんな目に遭わなきゃいけないんだ。同僚も、客も、家族も、みんなアタシがしてやった恩を忘れてる。国でさえ、義務を果たそうとしない。

「施しは、自分に見返りがあるからするんだよ！」

役所の窓口に向けて、吐き捨てるように言ってやった。

＊　＊　＊

「へえ、このビルだったのか」

そびえ立つビルを見上げながら、僕は言った。国分町の老舗ビルの最上階に、その店はあった。「巴里《ぱり》の猫《ねこ》」。それがヨーコママの城である。

「あら～、ここ地代高いよ。やるわね、ヨーコママ恐るべし」

　ワカは唸りつつエレベーターに乗り込んだ。たぶんガガも、小さくなってチンマリと乗り込んでいるだろう。この龍神、大きさを自由自在に変えられるらしい（この龍神も恐るべし）。

　エレベーターを出ると、プロレスラーみたいにどでかい猫のオブジェが、ドーンと迫ってきた。

　その猫はなぜか麦わら帽子を被って釣り竿を持ち、魚を釣り上げようとしているように見えた。

「うん？　巴里の猫というよりも、河原の野良猫という感じだがね。もしやこやつも野良出身かもしれんがね」

　ガガは騒ぐがどうでもいい。だいたい、ヨーコママは変わった人なのだ。

　店の扉に手をかける。店内は照明が柔らかく落とされて、上品なムードだった。ソファ掛けのテーブル席が8つと、10人以上が座れるカウンター席がある。へえ、けっこう広いじゃないか。僕たちはカウンター席に並んで座る。カウンターのスツールは深くて、ゆったりしていて、とても座り心地がよかった。いい店だ。

「うふふ。あんたたち、やーっと来てくれたわねえ。小野寺家が来てくれたらさ、ますますお客さんが増えると思って首を長ーくして待ってたのよ」

そう言ってヨーコママはニヤリと笑う。

「いやいや、ママ。僕らそんな力ないですから」

「そうそう。何も出ないからね」

僕とワカは苦笑して手を左右に振る。そんな力があるなら、僕たちのほうがもっと運気が欲しいわい、と付け足すのを忘れない。

「ところでこないだの地震、大丈夫だった？」

壁に据え付けられた棚に並ぶボトルを指さして、ワカが尋ねる。先日、大きな地震があったばかりで、ここ仙台もかなり揺れた。新幹線が止まったし、市内では水道管もあちこちで破裂した。

するとヨーコママは、

「その話よ、ちょっと聞いてちょうだい」

と、大げさな身振りで話しだす。

「3か月前、ちょうど保険の更新時だったわけ。で、手続きに訪れた新しい担当が私の好みでさ、地震保険を追加でつけてあげたのよ。そうしたら間もなくあの大きな地震でしょ。なんてラッキーだと思わない？」

興奮気味に言うヨーコママを見て、カウンターの中からバーテンがおもしろそうに口を挟む。

「ママは地震の瞬間、私どもが棚を押さえようとするのを制止して、『危ないから離れなさい！　保険には入ってる！　金ならあるっ！』って大声で叫んだんですよ。お客様がいらっしゃるのに」

「あっはっは、その光景が目に浮かぶ」

「金ならある！ってのが、ヨーコママらしいわね」

僕らは大爆笑だ。

ママはふふんと鼻を鳴らす。

「私にはね、幸運のお守りがついてるのよ。私がまだ地元の福島で小さなスナックをしていた頃からのね」

そう言ってカウンターの隅に視線を向けた。

そこには丸い透明な玉が水流でくるくる回り、その周りに龍を象った噴水のインテリアが置いてあった。

「私にとって龍神様は大恩人、いえ大恩神なわけよ。だから龍神様と縁がある小野寺家も、私にとって幸運の存在ってわけなのよ」

「いやあ、だけどうちのはヘンテコ龍神ですよ」

神聖な龍神と一緒にされたら、神聖な龍神が迷惑じゃないかと心配になった僕は、一応はそう断る。きっと、「ヘンテコとはなんだね。ヘンテコとは!?」と、ガガが騒いでいるに違いない。僕には聞こえないからいいけれど。

第6章

ケンイチ

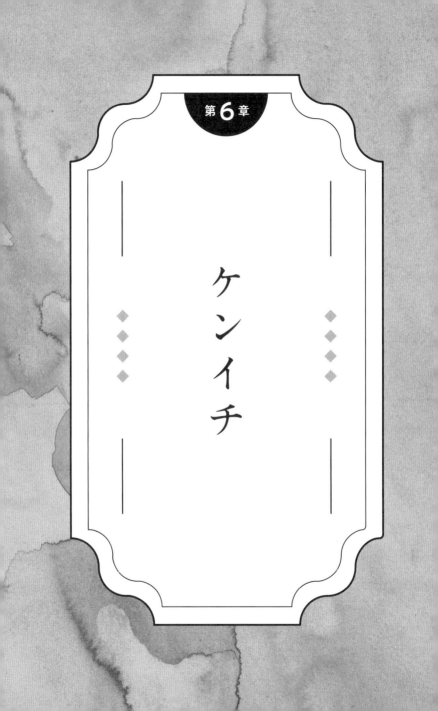

「なんとまあ、それは大変でしたね〜」

「アハハ、森田のおっちゃんらしいわ」

心地よく流れるジャズ、程よく抑えられた照明、ほのかに漂う洋酒の香り。

お酒の席での会話は、やっぱり楽しい。僕はビールを飲みながらいい気分だった。

ヨーコママが先月行ってきたというマレーシア旅行が話題の中心だ。僕らも知っているビジネス仲間と一緒に、久しぶりのゴルフ旅を存分に楽しんできたという。

そして、その出来事は帰国の際に空港で起きた。旅の言い出しっぺである森田さんが突然、

「僕、この飛行機に乗りたくない！」

そう言いだしたらしい。

これにはヨーコママだけでなく、旅の仲間一同が困惑したが、本人はそんなことおかまいなし。そこでママが、

「ねえ、森田さん。どうして乗りたくないの？」

と聞くと、うーんと首を捻り、

「なんとなく！」

と、ひと言。

結局、森田さんの部下が空港カウンターにかけ合ってくれ、無事、他の便に変更して帰国したという。そこで僕はピンときた。

「わかった！　もともと乗る予定だった飛行機に何かトラブルが起きたとか」

「あるわね、虫の知らせで危機から救われるってやつじゃん？」

僕たちが声を揃える。

たまにその手の話がメディアで話題になる。乗り遅れた飛行機にトラブルが発生したとか、手違いで泊まれなかったホテルが火事になったとか。そういう「何か」に救われるケースはたしかにある。話のネタにされているとはいえ、森田さんはけっこうメジャーな地元企業の社長だから、そんな「ピンとくる勘」が働くのかもしれない。

だが、ヨーコママの返しは、

「ブー。無事に飛んだわよ」

マジか……。ただのワガママとは、さすが森田社長である。

「それだけじゃないのよ」

ヨーコママが続ける。

「飛行機の変更手続きをしている間に今度は森田さん、免税店に行きたいって言いだしてさ。でっかい箱を買い込んできたのよ」

「はいはい、それで？」と、チーズをかじりながらワカが促す。

「で、『みんな！　この缶詰すごくうまいから買ってきたよ。はい、積んで積んで！』ってニコニコ笑ってえたいのしれない缶詰を渡してくるわけ。しかもいくつも。おかげで預け入れの荷物が重量オーバーで超過料金取られたのよ～」

「あちゃー、そりゃ参ったわね。でも、森田のおっちゃんのイノセントな笑顔を思い浮かべると……まあ笑って済ませちゃうかも」

周りを振り回すものの、その無邪気さが憎めない人がいるのもまた事実である。

「ちなみに、その缶詰ってどうだったんですか？」

僕は興味本位で聞いてみる。するとヨーコママは真剣な眼差しで、それがさあ、と顔を近づけて、

「……めちゃくちゃうまいのよ。これじゃ文句も言えないじゃなーい」

そう言って一同の笑いを誘った。

トン。

目の前にウイスキーグラスが置かれた。とはいえ、中は赤ワインだ。

「はい。リクエストの邪道ワイン。レストランではしちゃダメよ」

ヨーコママがワカに言う。妻は赤白を問わずワインに氷を入れるのが好きで、ロッ

クワインと呼んでいるのだ。まあ、通《つう》からすれば邪道だろうが、差し障りのない場所ではこうしてこっそりと飲む。

けれども置かれたグラスを見た瞬間、僕は思わず、

「わっ、なにこれ？　丸い氷だ！」

と驚きの声を上げた。

透き通った赤い液体の中に、まるで宝石のように美しい球体の氷があったのだ。こんなの初めて見た。

「丸氷よ。うちではロックアイスじゃなくて丸氷を使うんだけど……あら、小野寺さん、知らなかった？」

はい、知りませんでした。

「タカが飲むのはビールと日本酒だからなじみがないのかもしれないね。けっこう粋じゃん？　こういうのも演出のひとつなわけ、客商売としては……」

なるほど、たしかに勉強になる。

「丸氷って表面の面積が小さい分、ゆっくり溶けてくわけ。とても静かにお酒を冷やしていく。会話の間に氷が溶けて、お酒が薄まるのを防ぐっていうかな」

「そう。それに目でも楽しめるし、美しいアイデアだと思わない？」

そんなワカとヨーコママの言葉に、なんだかこの世界の美学を感じた。

演出はいわばひとつのおもてなしであり、心遣いなのかもしれない。

「それにしてもさ、ワカちゃんあんた、詳しいじゃないの。さては……もしかすると？」

ヨーコママの目がキランと光った。

「ピンポーン。プロフェッショナルなヨーコママの前では恥ずかしいけど、ほんのわずかですがこちらの世界で人生学んだ女です」

「やっぱりねえ。ただ者ではないと思ってたわよ、この人たらし」

「そんな大げさな。ただ、私、丸氷には思い出があって」

妻はワインに添えられたチョコレートの紙を剥く。

「あら、どんな？」

「古い話なんだけど……」

そう言って、彼女はグラスを見つめる。

ワカの場合

知り合いから紹介されたスナックをやめた私は、自分の居場所は自分で探すことにした。

まずは、目的を決めた。最終的にはお金を得ることが目的だけど、それだけではもったいないと思い始めていた。うまくは言えないけど、自分がいる場所と得る経験を「意味のある」ものにしたかったのだ。

昼間のバイトは、少しして別の店に移った。ちょうど大規模な商業施設がオープンして、そこの飲食店がオープニングスタッフを募集していたので、応募してみたらすぐに採用してもらえた。そして契約内容も納得のいくものだった。

ここでの仕事を夕方までですれば意外に稼げたけど、別の刺激も経験も欲しかった。なので、夜は夜でアルバイトを探すことにしたのだ。

前の失敗から、やはり場末のスナックではダメだと思った。なので、とりあえず大手のキャバクラを探してみた。ただ、当時すごくはやっていたキャバクラの求人広告を見たとき、直感で「自分には向いてない世界だ」と感じた。長い巻き髪にバッチリメイク、10センチ以上のヒールがまずどう考えても無理だった。着飾るのは嫌いじゃないし、素敵だと思ったけど、ただ第六感で自分が生きる世界じゃないと感じた。

それでも一度体験入店をしたときはマネジャーからの感触がよく、悪くない条件を出してくれたけど、あんなにバッチリメイクはできないと思ったし、付けまつげの装着が絶望的に苦手だった。

ネイルもネックで、昼間の飲食店では爪をマニキュアで彩るわけにはいかない。ただ、その店にはメイク室があって、必要に応じてヘアや化粧を手伝ってくれるシステムが存在した。だから、本気でやろうと思えばきっとできたと思う。一日の体験入店、それもたった3時間で1万円以上のお金をもらった。

「前向きにご検討くださいね。優遇しますよ」

そう言ってもらえてうれしかったけど、結局、私はそこには行かなかった。

なんとか自分に合う店はないだろうか。人生経験を積めて、自分が磨かれるような、そんな店が。私は求人情報誌を買ってきて、イケそうかもと思ったお店に片っ端から電話をした。そして、対応がいいと感じたお店に、面接のお願いをした。

対応がいいというのは、建前の対応とは違う感覚のことだった。こちらは面接をお願いするわけで、マナーを守るのは当然でも、電話口の声が何か嫌だなと思ったお店は、「すみません、お手数おかけしました」と、すぐに電話を切った。

対応が丁寧に思えてもマニュアル通りだったり、電話特有の「間」が悪いと感じた場合はやめた。自分でも生意気だとは思うけど、自分の職場は自分で選ばねばと思ったのだ。

そして、納得できる店に選ばれたいとも望んでいた。もちろん何もしないで選ばれるわけはないと知っていたし、当時の自分にできる勉強はけっこうしたと思う。

水割りのおいしい作り方とか、お酒の種類とか、ライターを嫌みなく差し出す方法とか、そういうのだ。

そうして、2つのお店に体験入店して採用と言ってもらえたけど、そこもやっぱり違った。なんだろう、この違和感。ついに私は、ひとつの結論にたどり着いた。

たぶん自分はこの世界には向いてないのだ、と。

もちろんお金は欲しかったけど、それと同時に私は「勉強」をしたかったのだと思う。新しい世界を知りたかったのだ。いろいろな業界の人が集まる社交場なら、これまで知らないことを学べると思ったのかもしれない。

もしかしたら、そこでいい人脈をゲットして、思い描いたような未来に行けるというシンデレラストーリーを望んでいたのかもしれない。

昔のことすぎて今となってはよく覚えていないのだけど、何かを得たかったことだけは確かだ。でも、この世界には私が望むものは落ちていなかった。

最後に一軒だけ、ずっと気になっていたお店に電話して、そこでダメだったらこの世界を追うのはやめようと思った。その店は、仙台の老舗「月グループ」で、ハイクラスなお店をいくつか経営していた。

本当は最初から連絡したかったけど、どうにも勇気が出なかった。だけど、もう最後だ。清水の舞台から飛び降りる思いで電話をした。そして、このときはなぜか自分のPHSではなく、街の電話ボックスから電話をしたのだ。

あれはどうしてだったのだろう。テレホンカードを入れて、緊張しながら事務所の番号をプッシュした。何回目かのコールで、落ち着いた声の女性が出た。週に一度か二度だけ働きたいのですが、と素直に伝えた。

「おいくつですか?」と聞かれたので、「ハタチです」と正直に答える。

「じゃあ、若い子がメインのお店に一度いらしてくれますか? いつがいいかしら?」と言われたので、「いつでも大丈夫です。こちらが合わせます」と答えた。

その日の夜に指定された店に行った。春月夜という店だった。

これまでのお店とは比べ物にならないほど上品な店で、私と歳の変わらない女の子たちのレベルも別物だった。所作ひとつとっても細やかで、店全体に上質なお香が焚かれているような崇高なムードがあった。

急に面接に訪れたどこの馬の骨ともわからない私にも、すれ違うときに「こんばんは」と、挨拶をしてくれた。ここで働きたい、と思った。

奥の部屋に通されて面接が始まると、着物姿の40代と思しきママは、柔らかな笑みを浮かべて私を見た。すごく緊張した。笑い返さなきゃと思ったけど、表情が固まってうまく笑えなかった。

おまけに出されたお茶を飲もうとしてグラスを手に取ると、そのグラスの薄さに驚いて、テーブルに戻してしまった。

「どうかした？」

そうママに聞かれて、

「グラスが薄くて、ビックリ」

おっかなびっくり答えた。

長い面接だった。経験を聞かれたので、これまでのことを正直に話した。

実は世間話のようなことを話しただけで、面接らしい面接ではなかった。なので、途中でとても心配になった。これまでのお店では、比較的簡単に「いつから来れますか？」と言われたのに対し、ここでは全然そういった話にならない。

ママは一度席を外し、少しして戻ってきた。そしてこう言った。「わざわざいらしてくれてありがとう。だけども、ごめんなさいね、あなたはこのお店向きではありません」と。

やっぱり……。レベルが違うことは明白だったし、そう言われても仕方がないと受け入れた。悔しかったけれども。

ママはきれいな和封筒に交通費を包んで渡してくれた。私は、自転車できたので交通費はかかっていませんと言ったけど、そのまま私の手に戻した。そして、

「この中にね、あなた向きのお店の電話番号が書いてあります。もしよかったら、そこに電話をしてみてください。男性が出ると思うけれども、悪い人ではないので、あとはあなたの判断にお任せします。今日はありがとうございました」

狐につままれた感じで、私はその煌びやかな店を出る。繁華街の雑踏に戻ると、酔ったサラリーマンや呼び込みのおにいちゃんがいて、一気に現実に引き戻された。

路地があったので、そそくさとそこに入って、渡された封筒を開けてみる。中には3000円と一枚の地図が入っていた。面接してもらって3000円……このお金は

使わないで取っておきたいとすら思った。

地図に目をやる。あるBARの地図だった。手書きで電話番号が記されていて、電話していい時間帯も書かれていた。時間は、13時から14時の間。

今日はもう夜だ。営業はしているんだろうけど、ここに書かれていることは守ろうと思って、私は地図を丁寧にたたんだ。翌日、13時を少し過ぎた頃にまた同じ電話ボックスまで出かけて、私はBARに電話をかけた。

何度かコールが鳴った後に受話器を取る音がする。一瞬の沈黙を経て「BAR、月影です」と、低い声が聞こえた。

私はあいさつをして昨夜からの詳細をできるだけ簡潔に伝えた。

相手の男性は、黙って聞いていたけど唐突に、

「いつ、いらっしゃいますか？」

と言った。

「いつでも伺います」

「例えば、1時間後でも？」

「はい。今、お店の近くからかけています。ですから、いつでも」

怖かった。ものすごく勇気を出した。

「わかりました。では、1時間後にお待ちしています」

電話ボックスを出た私の顔からは、汗が噴き出る。暑い。いや、この汗は緊張からか。

ハタチの7月で、太陽がギラギラ照りつけていた……。

＊＊＊

「で、丸氷は？」

しびれを切らした僕は思わず聞く。

「んもう、タカったら野暮ね。何でも順序ってものがあるじゃん」

「そうよ、小野寺さん。どんなストーリーで丸氷と出合うかがカギなんじゃない」

話の腰を折られたと感じたのか、ヨーコママまで味方してダメ出ししてくる。僕は「ヤバい」と押し黙った。こういうときの女性の結束は固い、いや、怖い……。

「その通りなのだよ、丸氷との出合いが大切なのだ！　そこがわからんタカは、やりまだダメダメだがね。ヨーコママの言う通り！」

なんとガガまで加勢する。うぬ？　龍神、日和《ひよ》ったな！

「そういえばこんな話があるがね。おまえらが出会った婆さんがいるだろ？　ほれ、上山で」

「ああ、奪衣婆ですね」

「さよう。あの婆さんはな、亡者の罪の軽重を量るだけでなく、生前に窃盗などの罪を犯した者を裁く役目もあったようだぞ。しかも、二度と悪事を働けんように両手の指の骨をポキポキと折るらしい。カカカ」

ええ〜！　なんとまあ恐ろしい。

「ちなみにだが……会話の主導権を握りたくて人の話の腰を折るお話泥棒の場合は、どうなのだろうな？」

ドキリ。あ、ヤベ。そのクセ、僕にもある。

「ス、スミマセン。もう人の話の腰を折らないし、人の話を取ろうなんて思いませんん」

頭を掻きながらぺこりとする僕。

「まあまあ、ガガ。ここでいよいよ丸氷が登場するんだから」

ワカの話が再開される。

ワカの場合

目の前にあるのは丸い氷だった。正式には、冷たい麦茶が入ったウイスキーグラス。これもすごく薄い。少し力を入れたらパリンと割れてしまいそうで、触るのに勇気がいる。私はじっとそのグラスを見つめる。

「グラスがどうかしましたか？」

向かいに腰を下ろした人物の声にハッとして顔を上げた。低い声。30代半ばか後半の、なんというかムードがある男性だった。

営業前だろうに仕立てのいいシャツを着ていたし、夏だというのに薄いストールのようなものを首に巻いていた。のちに、これはアスコットタイという正式なネクタイの一種だと知るのだけれど、当時の私はそんなこと知らない。

スマートで仕草にも言葉にも品格が感じられて、大人の色気が漂い、正直カッコよかった。だから、私はとてもドキドキした。これまでに受けた面接とは違う意味の緊張感に支配されたのを、よく覚えている。

おまけに、見たことのない美しい丸い氷。それは、うちの冷凍庫で作る氷や、こないだまでいた安いスナックで使うロックアイスとは違っていて、まるで透明な魂みたいだった。

「あんまりきれいで……グラスも、それからこの丸い氷も」

私の言葉に彼は声を出さずに含み笑う。

「それはよかった。グラスは普通のクリスタルですが、氷は珍しいでしょう？　これは丸氷といって表面積が小さくなる分、角氷よりも溶けるのが遅いんです。ゆっくりと時間をかけて溶けるから、会話を楽しんでいても、飲み物の味が変わりにくい」

初めて知ることだった。ただ形が違うだけだと思っていたからこの説明に驚いた。見た目で楽しませるだけでなく、そんな細やかな心配りがなされているなんて。

「知りませんでした。この氷はどなたが作ってらっしゃるのですか？」

「業者から仕入れた氷からバーテンダーが丸く切り出すのですが、なぜ、そんなことを？」

「アイスピックで削った跡があるので、どんな人がこんな美しいものを作るんだろうと思って……」

私の言葉に、なぜか男性は一瞬黙った。

しまった。余計なことを言ったかもしれない。だいたいこのお店はすごく忙しいに違いないのだ。私ごときに時間を費やすわけにはいかないだろう。だけど、男性はなにやら考え込んだ様子で、そのまま少し時間がすぎた。

面接に来たんじゃないのか。これは面接じゃない？　もしかしたら、昨日、春月夜のママが握らせてくれた３０００円は、ここへの交通費だったんじゃないか。

「この商売は素人には無理だから、それを教わってきなさい」とか、そういう話なのかもしれない。やっぱりあんなお店に面接をお願いしたこと自体、身の程知らずだったのだ……私はいろいろ考える。だけど、来てしまったものは仕方がない。自分ひとりではできない体験を、今している、むしろラッキーだったじゃないかと、必死に自分に言い聞かせる。

ほの暗い部屋。かすかに残るアルコールとタバコの残り香。だけど、空気は悪くない。むしろ清浄だった。地下のこの店に大きな窓があるわけでもないのに、この清浄さはなんだろう、と思った。

オーナーが私を、上から下までさりげなく見るのがわかった。

着ているものは量販店で買ったちょっとだけいい生地のワンピース。履いてるミュールも通販で買ったはやりのもので、髪は整えてきたけど外の暑さですでに乱れてしまっている。

もしかしたら化粧も取れているかもしれない。鼻の頭に大粒の汗をかいているんじゃないだろうか。ここは大人がお金を落とす場所で、私のような小便くさい小娘が足を踏み入れていい場所ではないのだと、自分勝手な妄想が頭の中でぐるぐるする。

すみません。こんな私に時間を取らせて……。

「顔が赤いですけど、まさか麦茶で酔いましたか？」

オーナーが私の顔を覗き込んだ。ドキリとする。

「い、いえ、すみません」

「すみません？　なぜ？」

「場違いでした。あの、顔を洗って出直してきます。出直せるかどうかはわからないけど」

思ったままを言うと、今度は含み笑いではなく、押し殺したように笑った。まるでテノール歌手みたいないい声で。

「そんなことおっしゃらずに、出直さなくても今お話ししましょう。いかがです？飲み物の味は。麦茶ですけどね」

「おいしいです。それにうれしいです」

「うれしい？　麦茶が」

「麦茶というか……面接に押しかけただけの私に、こんなに丁寧に接してくださることがです。昨日の春月夜のママさんもとても親切でした。ありがとうございます」

私はぺこりと頭を下げる。伝わったかどうかはわからないけど、このありがたかった今の気持ちを口にせずにはいられなかったのだ。

「オーナーさんとお呼びしてもいいでしょうか？」

私は確認する。失礼な呼び方はできないからだ。

男性は胸元から革の名刺入れを取り出すと、そこから一枚を抜いてテーブルの上に置いた。

「失礼しました。私は丹羽《にわ》と言います。この店のオーナー、とはいっても雇われの身で、いわば何でも屋です」

話を聞けば、この月影は春月夜の姉妹店で、開店したのは7年前らしい。完全会員制で一見の客は入れない。月グループが経営する店の中でもレベルが高く、客層も経営者や医師、実業家や大手企業の役員と社員がメインで、女性のお客さまも多いという。まるで別世界のお話だ。私はオーナーの話を、半分ポカンとしながら聞いていた。

だから、「よろしければ一度出てみませんか？　きっといい勉強になります」というオーナーの言葉が、すぐには信じられなかった。

「合格です。春月夜のママが思った通り、あなたはこの店向きだ。うちに来ていただきたい。週に1日でも2日でもかまいません。どうでしょうか？」

断る理由など何ひとつない。信じられないような気持ちで、私はカクカクと頷いた。

どうして私がこんなお店に？　面接らしきことなんて何もしていないのに、どうして採用になったのだろう。

「では、すぐに準備をしましょう。まず、何種類か新聞を読んでください。それから、ザックリでいいので政治経済とプロスポーツの簡単なルールを学んでください。お酒の名前や芸能ネタを覚える必要はありません。ここに細かく書いてあります」

丹羽オーナーはそう言って、一枚のメモを渡した。

わけがわからなかった。ここは、お酒を飲む社交場のはずなのに、お酒の名前を覚えなくていい？　どういうことだろう。

だけどオーナーは私を選んでくれた。私は慌てつつも「は、はい！」と答えた。

謙一の場合

丸氷を作る作業は氷の仕入れから始まる。1貫の氷の中でも、できるだけ透明度の高いものを選ぶ。曇った氷は、水が氷る際に不純物や気泡が入ってしまっているからだ。どんなにいい酒も氷ひとつで味が落ちる。氷が溶けるに従って不純物が混じり、微妙に味が変わってしまう。不純物が多いと溶けるのも速くなるので、丸氷にしている意味がなくなり本末転倒になる。なにより見た目がよくない。

笹井謙一《ささいけんいち》は、こぶし大の大きさに切り分けられた氷を取り出した。それを左の手のひらにのせて、手早く回しながら右手に握ったアイスピックで角を削っていく。ザクザク、ザクザク、削られた氷の破片が雪のように周辺に舞う。氷を見つめながら、頭の中では球体をイメージする。きれいな球体をイメージできなければ、どうしても形がいびつになってしまうのだ。雑念を振り払い、呼吸を整えながら尖った箇所に手早くアイスピックを立てていく。

慎重になりすぎるのもいけない。硬いほうがやりやすいため、氷が溶けないうちに手早くやるのがポイントだ。とはいえ、慌てると形が崩れてしまう。そんな絶妙なバランスを保ちながら、右手と左手が動き続ける。両手の動きがうまく連動しているのが感覚として伝わってくると、みるみるうちに氷がきれいな球体に変化していく。

そこからはトーションで氷を包んで持つ。丸くなった氷は滑りやすいからだ。親指にわずかに力を入れて持つのがポイントだ。ちなみにトーションとはウェイターなどが腕に掛けている布のことで、アームタオルとも呼ばれている。

バーテンダーによっては、仕上げにお湯をかけて表面を滑らかにするが、ある程度アイスピックで削られた細かい凹凸を残しておくのが自分のこだわりだった。完全にツルツルな丸氷よりも表面積が大きくなる分、最初だけ氷が素早く溶けてグラスを冷やしてくれる。そこからは、時間をかけてゆっくりと溶けながら酒を冷やしていく。この二段階の溶け方を演出するのが、自分の仕事であり、矜持《きょうじ》でもあるのだ。

自分がこうして人としての誇りを取り戻せたのも……。

きれいに削られた丸氷を眺めながら、謙一は過去に思いを馳せる。


私が育ったのは、普通のサラリーマン家庭だった。ただ、父は地方銀行の管理職で、母親は専業主婦。ひとりっ子だったせいかとても大切に育てられたと思っている。

そして、時はバブルの真っただ中。父は、その頃みんなが憧れた職業で成功していたせいか、自分の言うことは何でも正しいと信じているフシがあった。いくらなんでもそれは違うだろうと思い父に反発したこともあったが、プライドを傷つけられたと感じたのか、ひどく怒られ、父は手をあげた。私が殴られるのはまだ辛抱できるが「おまえの育て方が悪いんだ」と、母につらく当たるものだから、それを回避するために私は父に反論するのをやめた。それでも、景気が順調だった時代は、さほど大きな問題にはならなかった。

生活が一変したのは、バブル景気が弾けてからだ。

1980年代に入ってから日本は、円安を追い風にアメリカに品質のいい日本製品をどんどん売ることで巨額の貿易黒字を得ていた。その一方でアメリカの景気悪化が深刻化したことで圧力をかけられた日本は、彼らのために円高に誘導する約束をしてしまう。俗にいうプラザ合意がこれだ。すると今度は日本が円高不況に陥るのを防ごうと、大幅な金融緩和政策が講じられ、そして生まれたのが「バブル景気」と呼ばれるものだった。今にして思えば、付け焼き刃の対応が生み出した虚像の好景気と言っていいだろう。

だが、虚像とは気づかない当時の人々はその好景気に酔いしれた。我先に土地を買い漁ったので価格はみるみる高騰。その売買でもうける財テクが一大ブームとなった。それと同時に人々を狂わせたのが、株だ。ＮＴＴ株の新規上場で売り出された株が高騰したことで、我も我もと一般市民までもが株を買い漁るようになったのだ。

しかし、株がブームになると、それまで銀行から金を借りていた企業が金を借りなくなってしまった。株式を発行したほうが、金が集まるからだ。

困った銀行は新規の融資先を土地所有者に向けた。土地の所有者を探しては、融資を持ちかけたのだ。当時、地価はどんどん上がっていたから、それを担保にさえすればどれだけでも融資した。そう、異常な時代だった。

もちろん銀行員の父も例外ではなく、地域ナンバーワンの銀行を目指して激しい融資競争を繰り広げた。その競争は苛烈さを増し、「どうせ土地の価格は上がる」と、担保となる土地の価格の何倍もの金を融資しまくるという常軌を逸したところまでいっていた。

しかし、そんな都合のいい状態が長く続くわけがない。

「これ以上、土地の価格が上がるのはさすがにマズい」

国がブレーキをかけたことで一気に瓦解することになったのだ。不動産業向けの融資を抑えるよう指導した大蔵省の「総量規制」がそれである。土地が売れなくなれば、地価が暴落するのはあっという間だ。土地を担保にしていた銀行も金の回収ができなくなり不良債権が山積みとなった。そして、ついに父の銀行もつぶれてしまった。

その頃、通っていた歯科医に言われた言葉を、私は今でも思い出す。

「まったくどうかしてるよ。右から左に金を動かすだけで儲かる世の中はいつか必ずダメになる。だいたい銀行なんて何も生み出してないんだからね。謙一くん、キミはそんな風潮に惑わされずに自分で何かを生み出すような職業を選ぶといいぞ。はい、うがいして」

そんなことを言いながら私の歯を治療してくれたものだ。当時はその言葉の意味がわからなかったが、今にして思えばずいぶんと納得できる。

だがその頃の私の父は、いや、多くの日本人はそれを理解できていなかったのだ。勤めていた銀行がなくなった父は再就職先を探すものの、これまで銀行の管理職だったというプライドと、バブル崩壊後の不景気が相まって職にありつけず、日に日に荒んでいった。昼間から酒を飲んではかつての栄光を振りかざして、子どもだった私にまで説教をした。

母はパートで働くようになったものの、いつまでも仕事につこうとしない父に愛想を尽かしたのか、ある日突然出ていってしまった。「なぜ母は自分を置いていったのか？」と悲しくなったときもあったが、どうやら外に新しい男をつくっていたというから、私の存在が邪魔だったのだと解釈した。

そんな家庭環境で私が道を外れていくのも、至極当然のことだった。

高校に行かなくなり、悪い仲間とつるむようになっていった。そんなある日、敵対していたグループといさかいが生じた。はじめは口で言い合うだけだったが、売り言葉に買い言葉で、互いが相手の言葉に興奮し、いつしか乱闘に発展していた。

腕力に自信のある私は、普段の憂さを晴らすように暴れ、相手に大ケガを負わせてしまった。

誰が通報したのか、遠くからパトカーのサイレンが聞こえた。その瞬間、逃げ出していた。

パトカーが入れない細かい路地を逃げて、必死に走った。

どのくらい走っただろうか。私はいつの間にか見知らぬ街に迷い込んでいた……。

（ここまでくれば大丈夫だろう）

両ひざに手を乗せ、肩で荒い息をしながら私は思った。サイレンの音が聞こえないので、ずいぶん遠くまで逃げてきたらしい。

全力で走ったせいか体が火照っている。私は着ていたスカジャンを脱いで、手の甲で額の汗を拭う。そして、周りを見渡した。

（ここは……どこだろう？）

一心不乱に走ってきたせいか、どうやら知らない街まできてしまったようだ。

こじんまりとした花屋、瀬戸物屋、古い時計屋が並んでいる。

時計屋の前までくると、店の中からボーンボーンと鳴る音が微かに聞こえてきた。ボンボン時計か。チクタクと音を立てて時を刻み、時間を知らせるときにボーンボーンと鳴らすことからそう呼ばれている。そういえば、最後にこの音を聞いたのはいつの頃だろう。その懐かしい音が幸福だった幼少期を思い出させた。

街並みにもどこかレトロな感覚を覚えた。私は歩む。時計屋の隣は、どうやら本屋だった。くすんだ壁に「倫敦橋書店」と書かれた看板が出ている。今でも営業しているのか。いや、店先に雑誌が並んでいるからやっているのだろう。雑誌の表紙に、お地蔵さん特集と書かれたものを見つけて思わず手に取る。全国に散らばる地蔵菩薩の特集で、それはなんだかとても私の心を捉えた。

見慣れぬ街に戸惑いながらも、どこか心が落ち着いてくるのが不思議だった。なんだろう、この感覚は。息を整えながらゆっくりと歩を進める。花屋を覗くと、なぜかここも閉まっていて、それでも中を覗き込むとガラス越しに小さく可憐な花が並んでいるのが見えた。

あれはたしか……デイジー。

花に詳しいわけではないが、昔、母に手を引かれて行った花屋で教えられて覚えていたのだ。花屋のおねえさんが、「きれいでしょ？」と声をかけてくれて、デイジーは一年中楽しめる花で、花束に添えるのにピッタリの花だと言っていた。色によっても花言葉が違っていて、白は「無邪気」、赤は「無意識」、黄色は「ありのまま」、青は「幸福」と、花屋のおねえさんはうれしそうに笑った。仕事ってあんなふうに楽しそうにできるんだなと、子ども心に思ったものだ。少なくとも自分の父親は楽しそうには見えなかったから。

色とりどりに咲くデイジーを眺めながら、やっぱり花はきれいだと思い、そんな感覚を覚えることに少し驚いた。こんな自分にも花をきれいに感じる心が、まだ残っていたのか。そんなことを考えながら、ふと道路の向こうに目をやると、街灯に照らされたバス停が見えた。そばには力強く大地に根を張る大きな木がどっしりと生えていて、枝がベンチのあたりにまで伸びている。

(バス停なら今いる場所を確かめられるかもしれない)

さっと左右に目をやり車が来ないのを確認すると、私は駆け足で道路を渡る。

ゆっくりバス停に近づいたところで、思わず声にならない叫びをあげた。誰もいないと思っていたベンチに白い着物に身を包んだ老婆が、背中を丸めて座っていたのだ。

私は老婆を見つめた。彼女は、そこにジッと座っている。

驚きはしたが、不思議と薄気味悪さは感じなかった。私は考える。もしかして、体の具合でも悪いのではないだろうか？　そこでベンチに腰を下ろして、休んでいるのかもしれない。そう思った。私は意を決して、老婆に話しかけてみた。

「おばあちゃん、こんなところで何してるんだい？」

そう問いかけるも、反応がない。

恐る恐る、少し近づいた。彼女の顔を覗き込むと、しわくちゃの瞼が閉じられていた。迷ったが、私は老婆の背にそっと手を当てた。

「大丈夫か？　おばあちゃん、もしかして具合でも悪いんじゃないのか？」

そう言って背中をさする。すると、老婆はゆっくりと瞼を開いて私をジッと見つめた。

「おばあちゃん？　あ、そうだ、寒いのか。だったらこれ着て……」

「あんた、優しいなあ」

そう言って首を後ろに回し、私の手を見やると、

「わしはどんなに金を積まれるよりも、こうして背中をさすってもらうのが好きなんよ。ああ、ええ気持ちや」

そう言うと、背中に掛けてやろうと手にしたスカジャンを、骨ばった手でつかんできた。私は思わず手を離す。だが着古したスカジャンは老婆の手に渡り、そして彼女はそれをベンチ脇の木の枝に大胆に放り投げた。むちゃな、と思った。こんなに細い枝に、いくら合皮とはいえ、それなりの重さがあるスカジャンを掛けたら、折れてしまうに決まっている。実際に枝は大きく、本当に折れるんじゃないかと思うくらいにしなった。ほらみろ、こんな立派な木の枝を折っちゃいけない。そう思って、手を伸ばそうとすると……地面につきそうなほどにしなった枝は、反動で元の位置まで跳ね上がり、そこでぴたりと動きを止めた。まるで何も乗っていないかのように、枝が真っすぐに老婆のほうへ伸びている。

「……」

私は驚いて、言葉が出なかった。

「あんた、ええ面構えをしとるやないの」

老婆がそう言った瞬間、まばゆい閃光が走った。私は眩しさに目を閉じる。しばらくして目を開けると、昔よく見た懐かしい光景が広がっていた。それは子どもの頃によく通った時計屋の店内だった。店のあちこちから、チクタクチクタクと時計の針が動く音が聴こえてくる。自分の手のひらを見ると、とても小さい。もしかしたら私は今、子どもの頃の記憶の中にいるのだろうか？　なんだか夢を見ているような気持ちになる。

店の奥から顔なじみのおじさんが現れた。ちょび髭を生やし、ワイシャツの上からいつも作業用のエプロンをかけていて、いかにも頑固な時計職人といった感じだが、眼鏡の奥の瞳は優しい。いつも奥の作業机で時計を分解していたのが印象的だ。

そんな時計屋のおじさんに、私は聞いた。

「こんなに細かい作業で失敗することないの？」

私の質問におじさんは、ちょっと驚いた顔をした後にイタズラを見つかった少年のように笑って「あるよ」と舌を出す。椅子から立ち上がると歩み寄り、両ひざに手を当てて私の視線に合わせるようにして、ある昔話を聞かせてくれた。

「おじさんが若い頃にね、動かなくなった腕時計を直してほしいって頼まれたことがあったんだ。背広姿の若い青年でね、当時の僕と同じくらいの年齢だったと思う。難しい作業だったけど大切な時計みたいだったから、頑張って修理したんだ。ところがその頃の僕は未熟でね、その時計がまた遅れちゃって。それでその人、仕事で大きなミスをしちゃったんだ。時計を信じて商談の時刻に遅れちゃったんだって」

「えー！　怒られなかった？」

父は小さなミスでも大変に怒るのだ。そのせいか、その頃の私はいつも何かにおびえ、また反発していたような気がする。すると、おじさんは腕を組んで不思議そうな顔をし、

「それがねえ、怒らないんだよ。すごく古い時計だから仕方がないですねって。父親の形見の時計だけど、もう使えないですねって。納得したような、少しだけ残念そうな顔で言ったんだ。僕は本当に申し訳ないと思って、謝った。だけど、それからもそのことを忘れられなかった」

そう言うと、私の頭にポンと手をのせて、

「申し訳ないと思ったし、自分の力のなさで、悔しいとも思ったよ。だからおじさんは、どんな時計もちゃんと直せるいい時計職人になろうって、それからいっぱい勉強

して頑張ってきたんだ。やってしまった失敗は取り戻せないけど、未来の失敗は今から減らすことができるんだ。過去は変えられなくても、未来は変えられる。人生で大事なのは、失敗をしないことじゃない。失敗を繰り返さないことだと、おじさんは思うんだよ」

「失敗を繰り返さないこと?」

子どもの私は意味がわからずに聞き返した。

「そうだよ、それが成長だ。だから僕は一度も失敗しない人より、いっぱい失敗するけど同じ失敗をしない人のほうが好きなんだ」

そう言っておじさんは立ち上がると、一台の時計に近づく。壁に掛けてあるその時計はチクタクと音を立て、小さな振り子が左右に振れていた。時間になるとボーンボーンと音を出すので、みんなはボンボン時計と呼んでいた。

「最近では時計のことをウォッチ(watch)っていうだろう。あれは、時刻を知るために『見る』(watch)必要があるからなんだ。だけどこのボンボン時計は、クロック(clock)といってね。『鐘』って意味なんだけど、鐘を鳴らして僕たちに時を知らせてくれるんだ。僕はそんな優しいクロックのほうがなんだか好きなのさ」

おじさんは相好を崩す。

「僕たちの人生にもね。もしも何か大切なことを忘れてもこのボンボン時計みたいに、ちゃんと思い出させてくれる、知らせてくれる存在がいるはずなんだ。そしてもし、それを思い出したら素直に行動に移せばいい。大丈夫さ、きっとうまくいくよ」


一度も失敗しないのではなく、失敗を繰り返さないのが成長。

大切なことを忘れても、思い出させてくれるものがある。

遠い昔、時計屋のおじさんの言葉が頭の中でリフレインする。

そして気がついたら、私は見慣れた街をひとりで歩いていた。

そして私は、その足で警察署へ向かった。

思い出した大切なことを、忘れないうちに。

結局、私は傷害罪に問われたものの、すぐに出頭したこと、相手から手を出してきたことが考慮されて保護観察付執行猶予処分となった。そして父がいまだ仕事に就かずに日々を無為に過ごしている状態で、まともに教育できる環境になく、自力更生するために保護司をつけるのが妥当という判断が下された。そこで保護司として私を助けてくれたのが、源さんだった。

源さんの本名は山村源次といい、小さな土建会社の社長だ。いつもニコニコしていて調子のいいことを言っては周りを笑わせてくれる。町内会では会長に長年従事し、子どもの学校でもＰＴＡ役員として率先して働いてきたことで、地域での信頼も厚い人物だ。

保護司とは、私のように犯罪や非行を犯した者について定期的に面談を行い、更生するための指導や相談に乗ったりしてくれる存在である。時には就労の手助けなども行ってくれる。特に資格は必要ないが法務大臣の承認を得る必要があるため、次の要件を満たしていることが基準とされている。

・人格・行動について社会的信望を有する
・職務の遂行に必要な熱意や時間的な余裕がある
・生活が安定している
・健康で仕事に支障がない

つまり、社会的な信頼があり、時間とお金に融通が利く人間であればいいということになる。そのため、どうしても仕事から身を引いた政治家や宗教者、公務員経験者などの高齢者が多く就く傾向にあるが、源さんのように仕事をしながら社会的信頼を得て任に就く人もいるらしい。

源さんは常に私に心をかけてくれた。時に厳しい言葉で叱りつつも、その目はいつも温かかった。父親は、自分の言うことを押しつけるばかりでロクに私の意見に耳を貸そうとしなかったけれど、源さんはそんな私の話でも根気強く聞いてくれた。もちろん肯定してくれるときばかりではなかったが、それだけでうれしかった。そしていつしか、私にとって実の父親以上の存在になっていた。

そんな胸中の変化はあれど、社会はそんなに甘くはない。執行猶予がついたとはいえ、過去に傷害事件を起こした人間に、仕事などなかなか見つからない。そんなときに源さんが紹介してくれたのが、ＢＡＲ月影のオーナーである丹羽さんだった。

自分はただの雇われの身だよ、と言っているが、上からも一目置かれる存在だということは雰囲気でわかった。面接のとき、丹波さんは細かい身の上を聞いてはこなかった。恐らく源さんからある程度は聞かされているはずだが、会話はほぼたわいのない雑談に終始した。「採用するつもりはないのか」と、落胆しながらも、私を先入観や偏見で見ずにいてくれているのが会話の節々から伝わってきてうれしかったのも事実だ。

これまで断られた面接では、痛いところを根掘り葉掘り聞かれたが、それは必要だからというよりは、異質なものを見る好奇の眼差しだったり、どこか猜疑の念からでしかなかった。心の中で蔑まれているという居心地の悪さを感じたものだ。

それを思い出すと込み上げるものがあった。私は思わず目を潤わせ「ありがとうございます」と頭を下げていた。ここで働けなくても構わない。そんなふうに自分を人として扱ってくれただけでも充分だった。心が震えたのだ。

するとと丹波さんはちょっと驚いたような顔をしたあと、私の目をじっと見つめて小さく頷いた。

「合格です。では早速準備しましょう。細かいことはこのメモを見てください」

そう言って一枚のメモを渡してくれた。私はびっくりしながらもそれを手に取る。採用が決まった瞬間だった。

入店してまず徹底されたのが身だしなみだった。お客様に特別な空間を提供するためには、もてなす側が特別な存在となる必要がある、というのがその理由だ。制服はこまめに洗濯、シワや汚れがないように注意し、髪はさっぱりと短く切った。髭は日に2回カミソリを当てて剃り、指や爪の手入れも徹底した。お客様の目線が届きやすい手元には指輪や腕時計を着けない。それらを毎日徹底していくうちに、自らの穢れた部分が少しずつ排除されていく、なんとも心地のいい感覚が芽生えた。

来店する客層は、会社の経営者や弁護士、医師、それに実業家や大手企業の社員など、これまで自分が接したことのない人たちばかりだった。しかし、彼らは皆、入って間もない見習いの私に対しても小バカにすることなく、もちろん「客だから」と横柄なふるまいをすることもなく、紳士的に接してくれた。これまで自分は、上の人間は下の人間を蔑み、バカにし、下の人間はそれを羨み、嫉妬するものだと思っていた。いや、少なくとも自分がいた世界ではそうだったのだ。

（もうあんな世界には戻りたくない。この場所に相応しい人間になりたい）

そんな思いがじわじわと胸にこみ上げてきた、そんなときだった。

「丸氷を作ってください」

そう丹羽さんに言われたのだ。

「心が丸くなければきれいな丸い氷は作れません。いびつになったり楕円形になるのは、作る人の心にまだいびつなものが残っている証拠です」

そう教えられた。

これが大変に難しい作業だと気づくのに、そう時間はかからなかった。アイスピックで角を削っていくのだが、一カ所だけを見つめていると、どうしても全体のバランスが崩れていびつな形状になってしまう。大切なのは、どれだけきれいな球体をイメージできるかだという。ネガティブな感情や雑念が心に残っていると、どうしても頭の中でイメージする形も崩れてしまうのだ。

毎日毎日、時間を見つけては氷と向き合う日々が続いた。入店して数カ月は、寝る間も惜しんで氷を削った。そうした作業は決してラクではなかったが、それでも少しずつ美しい球体に近づいていく氷を見ていると、まるで自分の心も一緒に丸くなっていくような気持ちになった。それに何か一点を見つめながら集中することで、自らの奥底に眠っていた感性まで磨かれていく感じが悪くなかった。そうやって、私の丸氷はできていった。

今では多くの氷屋で丸氷が売られているが、大きさはすべて均一。グラスとの組み合わせ次第でどうしてもバランスが崩れてしまうのは否めない。だが、私が作る丸氷は、グラスに合わせて大きさを変えることができる。見た目の美しさも楽しんでもらえるのだ。

そして、それを見たお客様が感動してくれることが、いつしか私のいちばんの喜びになっていった。

そんなある夏の日、急に店に呼び出され、オーナーに丸氷を作ってくれと言われた。しかも、「少し急いでお願いします」と、念を押されたのだ。まだ真っ昼間なのにな
ぜだろう?と思っていると、

「これから面接に来る子に出すんです。謙一くんの丸氷を見て心を動かされない人は、

うちの店に相応しくありません」

オーナーは採用の可否を決めるのに、経験や知識は考慮しないのだという。美しいものを美しいと感じる。きれいなものをきれいだと感じる。そして誰かの想いを感じて胸を震わせるような、そんな心を持った人でなければ、相手に感動を与える接客はできないのだと教えられた。ということは、罪を犯した私にもそんな心が残っていたと、この人は認めてくれたのか。そう思うと私は拳を強く握りしめていた。

そして今、自分の作った丸氷という作品に、人の心を感動させる力があると言ってくれている。はたして私に人の人生を左右させてしまうだけの資格があるのか。「採用」と「不採用」の分岐点に立たされている人間をジャッジする役目を担うことができるのか。

まるでふたつの世界を橋渡しするかのようだ。そんな感覚を覚えつつ、私は目を閉じて深呼吸をする。そして、全神経を集中させると、左手に携えた氷にアイスピックを突き立てた。

＊　＊　＊

「なんて素敵な話なの！　ワカちゃんがその丸氷に感動したのを見て、オーナーが雇うことを決めたわけね」

カッコいいわ〜そのオーナーと、ヨーコママがため息をつく。

「あとから聞いたんだけど、どんなに経験豊富で実績があっても、丸氷にまったく関心を示さない子は採用しなかったらしいのよ。今も思うけどそのオーナー、ほんとに不思議な人だったわ。まあ今考えても……恩人だったな」

ワカは感慨深そうにつぶやく。

「そのお店ってまだあるの？」

僕が聞くとワカは「さあ、どうでしょう？」と、おどけるように両の手のひらを上に向けた。

「さっきも言ったけど、1年ちょっとしか働かせてもらえなかったのよ」

「どうして？」

僕が聞くとワカは思案して首を横に振る。

「あの店はね、なんていうか……人間養成所だったわけ」

人間養成所？　僕はヨーコママと顔を見合わせた。ワカが続ける。

「オーナーはあらかじめ、働く人によって年数を決めてたみたい。ある程度、この世のしきたりとルールを学ばせたら、それ以上はこの世界に染まらないうちにやめさせるの。どうりで長く勤めてる女の子がいないはずだわ。だから言ったでしょ、13カ月と8日って」

へえ、と僕は頷き、視線を横に向ける。そこには僕と同じように「へえ」と感心したように頷いているヨーコママの姿があった。おい、あんたも同じ業界の成功者じゃないんかい！と、思わず喉まで出そうになった。

「んで、店を辞めたら街で会っても互いに知らないふりをする。お店の人もお客さんも。それがあの店の約束。だから……内緒」

そう言ってワカが僕らを見る。

「ちなみにヨーコママのバーでも丸氷をアイスピックで？」

僕がグラスを持ち上げて尋ねると、ヨーコママはニヤリと笑う。そして、

「ふふふ、うちはこれよ」

と、ビニール袋に入った丸い氷を見せる。

「氷屋さんから仕入れるほうが簡単なのよ。何事も効率よ、こ・う・り・つ♪」

そう言って片目をつぶる。

「ママらしいわね～」

「まったくだ」

こんな夜も、たまには悪くない。

第7章

ジャムパン

また来てね～、と盛大に見送られて、僕たちは「巴里の猫」を後にした。けっこう飲んでしまったな。建物から出ると、蒸し暑いながらも夜風が気持ちよかった。深まる夜は、東北一の繁華街の存在感をいや増していく。闇が深くなればなるほど、そこで煌めくネオンはより輝きを強くするように思えた。それはなんだか人の心の陰影に似ていると思うのは、僕だけだろうか。

「あーあ、あれから四半世紀かー。いろんなことがあったなあ」

不夜城のごとくそびえ立つビル群を眩しそうに見上げて、ワカが言った。

「だいたいタカと出会ったのだって、もう20年近くも前のことなのよ。この20年の間にたくさんのドラマがあった！」

「たしかに。東日本大震災があって、脱サラをして、なんだか知らないけど作家になった」

「ほんとすごいドラマよね～。人生って、何がキッカケで動くかわからない。例えば、あそこのラーメン屋に寄るか寄らないか」

「シメのラーメンも悪くないけど、胃もたれのリスクと心配のほうが大きい」

「オッサンくさいこと言わないでよ、まったく」

眉間にシワを寄せる妻。でも、実際にオッサンなのだ。そしてキミもオバサンだ。

私がオバサンになったら、あなたはオジサンよ。そりゃそうだよとは思うけど、それを歌ってる当人がいつまで経ってもオバサンにならないのは、なぜなのか……。

　そんなたわいのない話をしながら歩いていると、道路の向こうに見覚えのある顔を見つけた。

「ん？　あれ、源さんじゃない？」

「ホントだ。へえ……まさかお酒飲んだのかしら」

　信号が青になるのを待って、僕らは駆けよった。

「源さん、何してるんですか？　こんなところで」

「あら、おふたりさん、おばんで〜す。今夜はデートかい？　いいねえ〜」

　僕らに気づいた源さんは、いつもの調子でご機嫌に笑った。ほんの少し、顔が赤らんでいる。ワカがどこか心配そうに問う。

「源さん、飲んだの？　お酒、大丈夫なの？」

　そういえば何年か前に心臓の手術をしてからは、お酒を控えていると聞いていた。怖い女房に厳しく管理されているんだと、苦笑いして言ってたっけな。

「ああ、心配してくれてるのか。本当はあんまり飲んじゃいけないんだけどねえ。今夜だけは女房にも許してもらったのさ、一杯だけね」

「今夜だけ？」

「そう。なんせ私が昔面倒見てた子が長い間頑張って、ようやく自分の店を持ったんだよ。そうと聞いたらさ、お祝いに駆けつけたいじゃないの」

そう上機嫌で僕の肩をポンと叩くと、

「ほら、なんていうんだっけ？　カウンターで水筒みたいなのシャカシャカ振る人」

源さんが両の手のひらを合わせて、肩の上で振って見せる。

「……もしかしてバーテンダーのこと？　カクテルとかを作る？」

ワカの答えに源さんが「そうそう、それ！」とうれしそうにうなずいた。

「手術してからずーっとお酒飲んでなかったんだけどさ。アイツがね、店を出したんだよ。小さいけどこだわりのＢＡＲを出したんだよ。私、うれしくてねぇ。今夜は門出だよ、一杯くらい飲ませてくれたっていいじゃないの。禁酒されてるわけじゃないし！」

そう言うと今度は背中をバンバン叩く。いや、責めてるわけじゃないんですけど、と思いながらも、こんなに陽気な源さんは初めてだ。なんだかこっちまでうれしくなった。

「ほらほら、見てよコレ」

ポケットをまさぐった源さんが取り出したのは、マッチだった。

【ＢＡＲ　Ｍｏｏｎ Ｓｈａｄｏｗ】

「へえ、今どき珍しいなあ」

　僕は小さなマッチ箱をまじまじと見る。

「昔さ、保護司をしてたときに見てた子なんだけどねえ。けんかっ早いんだけど、優しくていい子だったんだわ。ただ、いろいろあって小さな罪を犯しちゃったの」

「ふうん、それで？」

　ワカが聞く。

「どんな理由があっても、やっぱりならぬことはならぬのだよ。執行猶予がついて、最初からやり直す決意をしたんだけど、一度ミソがつくとなかなか職が見つからないでしょう？　だから知り合いの店のオーナーにお願いして雇ってもらうことにしたんだよ、ずっと昔にね」

　源さんは懐かしそうに目を細めて続ける。

「そのオーナーってのが、また風変わりな男でさ。学歴とか経験とかじゃなく、心の目で相手を見極めるんだよなあ。あれってどうしてわかるんだろうねえ。それでそいつも気にいってくれたんだけど、こいつはきっと大きな人間になる、だからこの世界で終わっちゃいけないって、ある程度の経験を積ませたら外に出すつもりだった……んだけど」

そこで言葉を切ると、またうれしそうに手をひらひらさせながら、

「なんと今度はそいつがオーナーに惚れ込んじゃったの。絶対にオーナーに恩返しするって言って、これまでずっと一緒に店を盛り上げてきたんだと。で、そのオーナーが今度身を引くのに合わせて、そいつが独立したってわけさ、おっとっと」

源さんがよろめく。たった一杯とはいえ、こりゃ久しぶりの酒で酔ってるぞ。ここはひと息ついたほうがよさそうだと判断した僕たちは、少し休ませてから帰らせようと考え、足取りのおぼつかない源さんを近くのファミリーレストランに連れていく。

店内はすいていて、お笑いのネタを相談している若者や、学生と思しきグループがいる程度だった。窓際の席を選ぶとメニューを広げる。お酒のあとだからコーヒーでも飲んで時間をつぶせばよかったけれど、とりあえずどんな品があるかを確かめたくなるのは人間の性《さが》というものだろう。

「へえ、ここはステーキが売りなんだね。ってか、また価格が上がってるし……」

サーロインやフィレなど、豪華なステーキメニューがリーズナブルな価格で楽しめることが売りの店でさえ、昨今の物価高には抗えなかったらしい。世の中の景気がよくなるとインフレ、つまり価格の上昇が起きやすくなる。好景気で企業の売り上げが伸びれば社員に払う給料が増えて、モノを買おうという意欲が生まれる。その循環がさらなる好景気を生み出すわけだ。しかし、社員の給料に反映されていない今の状況では需要と供給のバランスは完全に崩れているといえる。その原因は、ＩＴなど新業態に対応しきれない日本企業の体質か、それとも不穏な世界情勢のせいか……なんとも悩むところなのだ。僕が難しい顔つきでメニューをにらんでいると、

「タカや。なにタコみたいな顔をしているのかね？」

ガガのからかう声が降ってきた。

「いや、タコじゃなくてタカですってば！」

まったく人が真面目に考えているのに、と唇を尖らせる。

「だけどタカくん、キミはやっぱりタコに似てるなあ」と、お冷やを口にしながら源さんまで言う。

「タカのことだから、どうせこの値段はどうなんだ、日本経済は大丈夫なのか？とか考えてたんでしょ。そんなことより我が家の経済を考えなさいよ。ほら、貸して」

ワカが僕の手元からメニューを奪い取る。僕がせっかく日本の行く末を思案していたというのに、と内心で反論するが口には出さないでおく。

「ほほう、旨そうなステーキではないか。我も食ってみたいがね」

「ガガはステーキ食べられないでしょ。そもそも龍神様が肉食べたいとか言わないの」

ワカの指摘に源さんも「違いないねえ」と、膝を叩いて笑った。

「そうだ。ステーキといえば、昔ここってステーキ専門店じゃなかったかい?」

源さんが何げなく呟いたひと言に、ワカがハッとするのがわかった。

「ああ、そうね……たしかにここはステーキ屋さんだったかも。子どもの頃に一度だけ来たことがあるわ」

曖昧に答えた妻は、それから黙ってしまった。そして、そっと窓の外へ視線を向ける。僕もつられて視線の先を追うと、煌びやかなネオンが輝く街の一角に、ひっそりと佇む小さなお堂を見つけた。目を凝らすと、中にお地蔵様がいた。このあたりは交通量が多いから、きっと交通安全を祈願して建てたのだろう。

お地蔵様の目はやんわりと閉じられているのに、まるでいつも見られているみたいに感じるのはどうしてだろう。今もファミレスにいる僕たちをじっと見守り……いや、時として監視されているような錯覚にとらわれる。お堂の感じから、だいぶ古くに建てられたと推察されるので、もしかしたら昔、ワカが一度だけ来たというときからいたのかもしれない。なぜかそんなことを思った。

　結局、僕たちはコーヒーを頼んだ。ファミレスだけにあまり期待はしていなかったが、意外とおいしくて驚く。これも企業努力の賜物か。僕がそんなふうに考えていると、源さんが突然「あ、そうだ」と、傍らに置いた鞄に手を突っ込み、ガサガサと何かを探し始める。何が出てくるのかと思っていたらなにやら茶色いものを取り出した。

　パン？

「これ。朝メシ食べる時間がなくてうちのバアさん、いや女房から食っとけって渡されたんだけど、結局食べなかったんだよなあ。持ち帰ると怒られそうだから、食べるかい？」

　源さんが差し出したのは、ジャムパンだった。透明な袋越しに見えるパンは茶色くてテカテカしていて、給食に出たパンを想起させた。中には赤くて甘いイチゴの粒々のジャムがたっぷり入っているに違いない。

「昔ながらのジャムパンって感じ、懐かしいな〜。いただきます」

　僕は喜んでパンを手に取った。さすがにここで食べるわけにはいかないので、自分のバッグにしまう。ところがワカは、泣き笑いのような表情で源さんを見つめている。

「まったく、源さんには参るわ。ここがステーキ屋だったことを思い出させたりさ、ジャムパンを出したり、私のパンドラの箱を開けようとしてるとしか思えないんだけど」

パンドラの箱？

そういえばワカはジャムパンが苦手だと、聞いたことがある気がする。だけどその理由は……知らない。あまり深く考えたことはなかったけれど、きっとここにあったステーキ屋でも何かがあったのかもしれない。その証拠に、いつもなら茶化してくるガガが妙に静かだ。こんな空気だから、軽々《けいけい》に聞くのもはばかられた。

そうだ、誰にだって「昔話」はある……。

ワカの場合

ジャムパンが食べられない。

幼稚園のときに母が入院した。

夜中にトイレの前でバタンと倒れて、母はそのまま「お父さん、お父さん、立てない、動けない！」と大声で叫んでいた。

あの後、どういう展開で入院にまで至ったのかよく覚えていないけど、とにかく母は大きな病院の隔離病棟に入院した。

神経に侵入するウイルスが原因らしく、母は体の感覚がなくなってしまった。指で何かを触っても感覚が全くない。熱いのか冷たいのかも判別できず、ペンを持って自分の名前を書くことすらできない。弟のおむつが濡れているのか乾いているのかもわからず悲しむ母の顔を見ると、心に不安と悟り、うまく言えないけどそのどちらも広がった。

逃げられないし、これを受け入れないといけないという客観的な自分がいたように思う。

悲しくなかったかといえば、それは悲しかった。というより、私はまだ子どもなのに、大人になるまでどうやって過ごしていったらいいんだろう、と思った。

なんとなく「おとな」っていうのはハタチと思っていたから、あと何年かを指で数えた。数えながら、そんなにひとりで過ごせないや、お母さんがいなくて、おばあちゃんも病気で、お父さんは仕事だからいなくて、弟も親戚とかに預けられちゃうなら、私はひとりじゃないかと思った。

どうしようかなって思った。それでも、悲しかったり不安だったりは長く続かなくて、一晩寝るとけっこう新しい日を楽しめる、その場をうまくやり過ごせる子だった。ジャムパンが食べられなくなったのは、子どもだった頃を思い出すからだ。

母が入院したので、お弁当は父が作ってくれた。

メニューは大体サンドイッチだった。といっても耳を落とした食パンに、ゆで卵とマヨネーズをはさんだだけものだ。正直、あんまりおいしくはなかった。だけど、毎朝狭い台所に立って不器用にサンドイッチを作る父の背中を見ると、味やら見た目やらということはどうでもよくなって、私はそれをムシャムシャと食べた。

父がサンドイッチを作れない日は、近所のお店でパンを買った。

だけどジャムパンとチョコレートパンしかなくて、チョコレートがあまり好きじゃなかった私は、いつもジャムパンを食べていた。そういえば遠足の日も、友達がみんな手作りのお弁当を広げているのを横目に、ジャムパンを食べていた。

真っ赤で人工的で舌に残る不自然な甘さだったけど、牛乳と一緒に口に入れるとまあまあで、愛情とは反比例なんだけど、父のサンドイッチよりも好きだった。ただ、もしかしたらその時代にジャムパンを食べすぎたのかもしれない。

　大人になるとジャムパンを食べる機会がなくて。だけどある時、スーパーで見つけたそれを懐かしさのあまり食べてみたら、なぜだか鼻のあたりがむず痒くツンとして、ツーッと一筋の涙が流れた。ぽろぽろ、ぽろぽろ、悲しくもないのに、ただ、涙が出てきた。涙っていうのは一体、何をキッカケに流れるんだろうと、その時そんなことを考えたのを覚えている。

　それからの私は、ジャムパンを食べられない。食べると、条件反射で涙が出るからだ。

　じゃあ、ジャムはどうかと聞かれれば、嫌いではない。ただ、率先して食べることは、ない。何年かして母は無事に回復したのだけれど、やっぱり母がいなかった日々のことを思い出すから、ジャムは私の心の、開かずの扉を開く魔物だ。

　そんなジャムパンで、もうひとつ思い出すことがある。あれはたしか小学3年生の初夏だった。進級とともにクラス替えがあって、新しい担任の先生は規則を守らない子たちをよく叱っていた。

　ある日、給食にジャムパンが出た。だけどその日はなんとなく食欲がなくて、こっそりランドセルの中に隠そうとした。当時はまだ「給食は残さず食べなさい」という風潮が強くて、残したことがバレれば食べ終わるまで教室に残されるのが目に見えていた。だから、こっそりとランドセルに入れる隙を狙っていた。

ふと横を見たら隣の席のケンちゃんと目が合った。ケンちゃんは勉強もできて頭がいいけど、ちょっと問題児っぽく思われていた。いつも先生に反発して、叱られている。だけど、はやりの文房具とかを使っていて、噂ではお父さんが銀行に勤めててお金持ちだって聞いた。いろんなものを持っているのに、なんでいつも怒っているの？　家が厳しいのだろうか。だから学校で反発しているの？　なんて思っていた。そんな彼がガタガタと立ちあがって、大きな声で「せんせー。俺のジャムパン、なんか小さいんだけど」と大きな声で叫んでクラスの笑いを誘った。先生も「ケンイチくん、パンはみんな同じ大きさです」と、困ったように返している。彼がみんなの意識を向けてくれたおかげで、私はジャムパンをうまくランドセルに忍ばせることができた。

隣を見ると、彼は素知らぬ顔でガツガツと給食を食べていた。無愛想だけど、本当は優しいのかもしれないと思った。

その日の放課後、私はジャムパンの入ったランドセルを背負い、いつもの道をいつものように歩いて帰る。

花屋さんには、いろんな色のいろんな花が並んでいる。季節で花が変わるのが楽しくて、今日は黄色いひまわりがあった。もうすぐ夏だなあって感じる花。きっと自然の中に咲く草花で季節を感じるのが正しいのだろうけど、街の花屋さんでも同じだと思う。

　今度は瀬戸物屋さんだ。このお店にはたくさんのお皿や茶碗、湯呑みが並んでいて、安いのから高いのまであるけど、子どもの私にはどれがいいのかよくわからない。前に店のおじさんに「どの食器もきれいでしょう?」って声をかけられて、ただ頷いた。本当はあんまりわからないけど、「青い茶碗はきれい」と素直に言ったら、「お、見る目があるね」と褒めてくれた。うれしかった。でも、見る目ってどんな目だろう?もしかしたら他の人には見えないものを見る目なのかな。うん、きっとそうだ。同じものでも、みんなそれぞれ見えている景色が違っている。

　その隣の時計屋さんは、壁に掛けてある振り子時計が目印だ。その当時は鳩時計が流行していて、ガラス越しにその時計を見ながら、「もうすぐ3時になるから鳩が出てこないかなあ?」と、待っていたらいきなりボーンボーンと鳴りだしてビックリした。今にして思えば、ひとつひとつの店に思い出ってあるものだ。

　それなのになくなってみると、「ここには何があったんだっけ?」と記憶があいまいになるのだから、人の記憶っていい加減だなと思う。

時計屋さんの前に差しかかったところで、向こうの本屋のおじさんが顔を出した。ワイシャツに紺のズボンを履いていて、いつもエプロンを掛けている。背がひょろりと高くて、丸い顔に丸メガネだから、なんだか漫画に出てきそうだ。オレンジ色で「倫敦橋書店」と書かれたくすんだ黄色い看板は味があって、私はけっこう好きだった。

おじさんは私に気づくと、手招きをした。

「倫敦橋のおじさん、こんにちは」

私が言うと、おじさんは店の奥に入っていき、すぐに何かを抱えて戻ってきた。

「ほいよ、先月号の。持っていきな。みんなには内緒な」

差し出されたのは、ティラノサウルスの模型だった。先月の少年誌の付録だ。この頃の子ども雑誌にはこの手の付録がたくさんあった。だけど私は毎月買えるだけのおこづかいがあったわけじゃないし、それにほかにも読みたい本があったから眺めていることが多かった。それに気づいたおじさんが、時々こうやって売れ残った付録をくれた。

「ありがとう」

恐竜が大好きな私はお礼を言ってそれを受け取った。今度、おこづかいをもらったら、倫敦橋書店で買い物しよう。お金を貯めて、ミヒャエル・エンデの本を買うんだ。もう一度お礼を言って、私は道路を渡る。そこにはバス停があって、いつもはバスを待つ大人たちがたくさん並んでいるのに、今日は誰もいなかった。

（？）

そこにあるベンチにおばあさんがうずくまるように座っているのに、私は気づく。向かいの駄菓子屋さんのおばさんの友達？　だけど今日はお店が閉まっているから違うかも。具合が悪そうだけど大丈夫かな。

そんなことを思いながらも、「知らない人とおしゃべりしてはいけません」と先生に言われたことを思い出して、そのまま通り過ぎようとした。だけど少し歩いてから、やっぱり気になって、バス停に戻った。

「あの……どうしたの？　寒いの？」

そう声をかけてみた。おばあさんはゆっくり顔を上げ、「いんや、大丈夫だよ」と言う。

それでも夕方になって涼しい風が吹き始めたせいか、おばあさんの顔色は少し悪く見えた。ポツポツと顔に何かが当たり、雨が降ってきたのに気がつく。「つゆ」の季節だから傘はいつも持っていなさいと言われて、今日もちゃんと持ってきた傘を、おばあさんの上に掲げた。そして、もう片方の手で丸い背中をさする。おばあさんは驚いたように目を見開くと、私の顔をまじまじと見つめた。私は固まる。するとおばあさんは、顔をクシャッとさせて、

「まあ、なんと。こんなに優しくしてもらって……うれしいこと」

と、ひどく感激した様子で言った。

「大したこっちゃないのさ。ちょっと歩き疲れて、ここで休んでいただけなんだよ」

だったらよかった。私は安堵する。

「いいかい？　疲れたらねえ、休めばいいのさ。慌てて先に先にと進もうとするから、足を取られて大けがをする。休んだって命は取られない。命取られなきゃなんだってできるのさ。お嬢ちゃん、お礼にいいことを教えてあげよう。自分の思いはちゃんと伝えるといい。その勇気が、最後は自分と、周りの大事な人を助けるからねえ」

おばあさんはなんだか難しいことを言う。私はどう答えていいかわからなくて、そこで「あ……」と気づいて、持っていた傘をおばあさんに渡し、慌ててランドセルからジャムパンを取り出した。

「あの、これあげます」

子どもだった私は、元気がないのはおなかがすいているせいだと思ったのかもしれ

ない。だからジャムパンを食べたら元気になってくれると考えたのだと思う。

自分の残したものをあげるのはどうかなと思ったけど、どうしても渡したくて、でもうまく説明ができなくて、だから、私は押しつけるように乱暴にパンを渡した。本当はもっとちゃんと渡したかったけど、照れくさいのもあって、できなかった。

家に着いてから傘をあげたままだと気づいたけれど、親には学校に忘れたと言った。だけど次の日の朝、学校に行く途中にバス停を見にいったらおばあさんはいなくて、なぜか傘はそばの大きな木の枝に掛けてあった。その枝は、枝が曲がることもなくしっかりと空に向けて伸びていた。空はきれいに晴れ渡っていた。

あのおばあさんはどこに行ったんだろう？　今どき白い着物を着て草履みたいなのを履いた白髪のおばあさん。なんだかお化けみたいな格好だと思ったけど、人間だったのかなあ。傘は置いてったけど、ジャムパンは持っていってくれたんだな。

ああ、だけどちゃんと言えばよかったな。

「これ、おいしいジャムパンだよ」って……。

たぶんだけど、その日をキッカケに伝えたいことは伝えなきゃって思うようになった。

いなくなってからでは間に合わないし、やっぱり後悔するからだ。

そう、私はとても大事なことを、その時に学んだのだ。
あの時のおばあさんに、教えてもらったんだ。

第8章

少女

ワカの場合

金がすべてじゃないが何をするにも金が必要だ、と言ったのは名作、『闇金ウシジマくん』のダークヒーロー、丑嶋馨《うしじまかおる》である。

大人になればその言葉の意味がよくわかるという人も多いだろうけど、幸か不幸か私は幼少期から漠然とその事実を知っていた。

きれいごとを言ってもやはりお金には力があるという揺るぎないこの世の真実を、私は知っていたのだ。

お金があれば何でもできると思っていたし、お金がなければささやかな自由さえも手に入れることはできない。缶ジュースひとつ買うのに財布の中身を気にすることも、友達と入った喫茶店で何がいちばん安いかを察知して、飲みたくもないアメリカンコーヒーを飲むことも、閉店間際のスーパーマーケットに駆け込んで半額になった変色した鶏肉を買う必要もない。

だけど、心のどこかでは「世の中はお金だけじゃないし、お金で買えないこともたくさんある」と思っていた。いや、信じていた。そうでないと、ふとした拍子に自分の未来が丸ごとなくなってしまいそうで、真っ暗な闇に呑み込まれてしまいそうで、不安だったからだ。

　もちろんお金がなくても友達はいたし、楽しいこともいっぱいあった。なにより、特段自分だけがそうだとは思わなかった。多くの友達も若くてお金がなかったし、そんななかで好きになる人もお金持ちとは程遠かった。

　だけど、それなりに楽しく、根拠はないけれど、自分の人生を暗く見たことはなかったし、絶望したこともなかった。もしかしたら自分には大いなる未来が待っていて、今はそのための修行なのかな、なんて本気で思ったりもした。

　だけど……それでもやっぱり私は「力」が欲しかったのだ。

　子ども心に自分の将来を夢見て、人よりも上になるとか、いつでも好きなものを買って食べられるようになるとか、助けたい人を助けるとか、やりたいことをすぐにできる自分にいつかはなりたいと強く思っていた。

　そして今、気がつけば月日が流れて大人になった私は思う。

　人生はお金だけではない。お金では決して買えないものが存在すると。

　だけど、こうも言える。

　世の中のだいたいのことはお金で解決できる、と。

だから、もしも子ども時代の自分に声をかけるとしたら、きっと私はこう言うだろう。

「あんたの考えは間違っちゃいないよ。お金がすべてじゃないけど、何をするにもお金が必要なの。だからやっぱりお金は力なの」と……。

今夜死ぬんだな、と思ったのは10歳、小学4年生のときだ。

あれは誕生日を迎えて間もない頃だったから、きっと一年で最も寒い季節だったかもしれない。その日、父は私たち家族をステーキ屋さんに連れていってくれた。その頃の我が家は少し訳ありで、子どもながらになんとなく両親が思い悩んでいるのを肌で感じていた。それは、ただの思い過ごしではなく、例えば夜中に両親がもめている声だとか、母の泣き声だとか、父の怒鳴り声だとか、それでも夜中に父が私のそばに来てそっと頭を撫でてくれたりとか、いつまでも私と隣に眠る弟の顔を見つめていたりしたから、私は眠ったふりをするのがとても大変だった。

もっと幼い頃の私は、七五三できれいな着物を着せられて、親戚中からおひねりをもらい、お正月にはお客さんがたくさん家に来て、なに不自由ない暮らしをしていた。

少なくとも、夜中に両親が泣いたりもめたり、ましてや、クリスマスプレゼントが人気の漫画本一冊で、それからすぐにやってきたお正月のお年玉が500円だったことを考えれば、何らかの事情で我が家がピンチに陥っていることは想像できた。

だから、しばらくの間は質素だった夕食に、ある日、「今夜はステーキを食べにいこう」と父が言いだしたときは、ああ、ついにこの時がきたと思った。

怖いとか、悲しいとか、そんな気持ちよりも先に妙な悟り感にとらわれて、この世との別れを受け入れている自分がいた。なんでそんな気持ちになったのかはわからないけれど、私にとって「死」は常に身近に感じているものだったからかもしれない。

私は人には見えないものが見えたり、聞こえないものが聞こえたりする人だった。だから、「死」というものはいつも誰にでも生と隣り合わせになっていて、だけどみんながそれに気づかない、いや、気づかないふりをして生きている。大人だったら、なんだかんだと言い訳や難しい言葉でごまかすのかもしれないけれど、子どもの私にはそんなことできなくて、ただそれを受け入れるしかなかったのだろうと思う。

「生と死」いや「この世とあの世」。

そのふたつの世界の境界で今、私たちはどんなふうに見られてるんだろう。あの世に行くには三途の川を渡ると聞いたことがあるけれど、ちゃんとみんなで渡してくれるだろうか。

お店は賑やかな場所にあるステーキ屋さんだった。

今考えればあちこちに展開するチェーン店だったけど、子どもの私にはすごい場所に感じられた。ナイフとフォークで食べる食事なんて初めてだったし、鉄板の上でジュージュッと音を立てるお肉に興奮した。弟も目を輝かせてはしゃいでいる。

最後の晩餐はステーキか、と思った。

行儀よく食べるのは、ちょっとドキドキした。アニメに登場するお姫様みたいに、なんだか自分が特別なような、少し大人になったような、そんな気持ちで、私は鉄板の上で音を立てるステーキを見ていた。父と母は特にもめていなかった。何事もなかったように、いや、たぶんこれまでよりも穏やかで優しく、弟が私にニンジンの切れ端を「あげる」と押しつけてきたときも、こらこらと笑っていた。

私は食事が進むにつれて「最後の時」が近づいていることを感じていた。

弟が押しつけてきたニンジンをフォークに刺して、目線の高さでジッと見つめていると、ふと、どこかから誰かに見られている感じがした。そっと店内を見渡すと、店員さんは忙しそうに動き回っていて、お客さんもこっちを見向きもしないで、楽しそうに食事をしていた。気のせいかと思ってニンジンを口に入れて窓の外を見ると、道路脇に小さなお地蔵さんが立っていた。

（…………）

それを見た瞬間、心に小さな困惑とざわめきが生まれた。

（いいのかな、これで）


食事が終わると、私たちは車に乗った。車はたぶん、ホンダのプレリュードだったと思う。白い車体だったけどいつのまにか薄汚れて、うすい灰色になっていた。私はそれがかわいそうで、なんとなくきれいに磨いてあげたいと思ってしまった。だけど、別にいいのか。きっともううちには帰らないから。

車の中は楽しかった。父も母もよくしゃべった。弟は流行の歌をめちゃくちゃに歌って、私に怒られた。

おなかがいっぱいで、これまでにないほど楽しい夜だった。車の振動が心地よく、だんだんと眠くなる。さっきまではしゃいでいた弟はいつのまにか眠っていた。車内はシンと静かで、窓の外の明かりがぼんやりと美しかった。

あの家の人も、この家の人も、きっと今幸せなんだろうなと思った。少なくとも今の私みたいな妙な気持ちで過ごしてはいないはずだと。

車は港へ向かっていた。いや、向かわせているのはハンドルを握る父で、車には何の罪もないのだ。灰色のプレリュード、せめて真っ白に洗ってあげればいいのに、かわいそう。

もちろん想像ではあったけど、その想像には不思議と確信があった。そして、その確信の末に父が思いを遂げれば、薄汚れたプレリュードは海の底に沈み、しばらく経ってクレーンで海水を吐き出しながら吊り上げられるのだろう。そのシーンが残酷すぎて、幼い私の心をえぐった。不格好にへこんだかわいそうな車……。それを思うと、なんだか自分たちはとても悪いことをしているような気になった。

そして、その時、私はなぜかとても冷静になっていた。

このまま流れに任せてしまっていいのだろうか。

黙ったままでいいのだろうか。

半年前のことが脳裏に蘇る。

黄色いひまわりを飾っていた花屋さん。青い茶碗を並べていた瀬戸物屋さん。ボンボン時計にビックリした時計屋さん。付録をくれるいたずらっ子みたいな本屋さん。そんな私の好きな街の中心に、ポツンと佇むバス停がある。

去年の「つゆ」の時期、夕闇迫る街の中心で、不思議なおばあさんに教えられたこと。ううん、教えられた気がするだけかもしれないけれど、それでも私の胸に去来するひとつの思いがあった。

子どもだったけど、たぶんその思いは「決意」といってもよかった。

それはあの日、おばあさんに言えなかった「おいしいジャムパンだよ」という心残りそのものだった。あの思いを、どうしてか繰り返したくなかった。いや、繰り返さないようにしたいと思ったのだ。

だから……。

伝えたいことは、ちゃんと伝えたい。伝えよう。

そして、私の口を突いて出た言葉は、こうだった。


「おとうさん、やめようよ。うちに帰ろう」


運転席の父にその言葉が届いたのかは、正直わからない。

あの日の私の言葉が、はたして意味のあることだったのかも、今はもう確認のしようがない。

もちろん、その時のことを父と話したこともない。

だけどきっと、特別な一日だったのだと今でも信じている。

次の日も、その次の日もちゃんと朝はやってきたし、少しの間はどこか気まずかった気もするけど、そのうちなんでもなくなった。

あたりまえにごはんを食べ、流行のアニメを夢中で見て、アイドルを好きになり、レコードを買いたくてお小遣いが欲しかったけれど、少しの間は我慢した。だけど心の中には、正直、何の不満もなかった。

父の会社はその後、火事場のクソ力ともいうべきパワーで持ち直し、高校生になる頃には何の不自由もなく、好きなことを好きなだけやらせてもらいながら育った。あまりにも自由になりすぎて、このままでは親の力でしか生きられないんじゃないかと不安になり、反発して、自分の力を試そうと躍起になったこともある。いろんなアルバイトや仕事をした。飲食店に営業。地元紙のライターまで経験した。痛い思いもしたし、騙されたりもした。そのうち、ちゃんと働いて人生を過ごすことの大変さを理解し、また、世間の親たちを尊敬した。

そして、その親たちは今も元気だ。やれ腰が痛い、膝が痛い、血圧がどうのこうのといってワチャワチャうるさいけど元気だ。隠居するとか言ってるのに、その気配はまだない。相談事は今日も絶えない。

あの日、この世とあの世の境界を渡さないでくれてありがとう。その判断を下してくれてありがとう。

もし、お礼を言える存在があるとすれば、例えば、このお地蔵さんにもそう伝えたい。私は相も変わらずバカなことを、変人の夫やヘンテコな龍神たちとやっているけれど。そういえば、ガガは私が生まれたときから守ってくれていたと言ってた。ということは、あの日も私のことを見ていたんだろうか？　もしかして、「大変だがね！逝くな、ダメだ、死んではならぬ！」と、必死に止めようとしてくれていたんじゃないだろうか。だったら悪いことをしちゃったな。そんなふうに考えていたら、ガガにもちゃんとお礼を言わなきゃという気持ちになった。伝えよう、私が伝えたいことを。

いろいろあるけど生きていることが、私はとってもしあわせです。

ありがとう。

「どうしたの、ワカ。さっきから黙り込んでるけど」

「いやタカ。これはどうもよからぬことを考えているときの顔だがね」

「ああ～、たしかに悪い顔に見えますねえ」

そんな茶化すような声で我に返る。タカとガガが隣で笑っている。そもそもあんたは龍神の声聞こえないはずだろ、とツッコミを入れたくなった。

「はいはい。くだらないこと言ってないで、源さんもそろそろ酔いが覚めたでしょ?」

私はふたり(一人+一柱)のバカを軽くスルーして、源さんに声をかける。

「いやいや。ワカちゃんの顔を見てたら、ますますうっとり酔っちゃったかもしれないなあ」

ここにもバカがおったか、とピシャリとおでこを叩く。

「さ、行くよ。行きますよ、源さん」

そう言って伝票を持って立ち上げる。

「はいはい、んじゃごちそうさま。あ、そうそう。また実家にお邪魔するから」

「あれ? 何かまた別の工事ですか?」

タカが聞くと、源さんは首をポキポキ鳴らしながら、

「それがねえ、工事じゃないんだ。まーた相談事があってさ、法の救世主にお願い事があるんだわ。山村建設が困ったときには先生が助けてくれるから、うれしいねえ」

そういうことか。源さんも父も、人助けを信条としながら生きる同じ世界の人なんだろうと、私は思った。

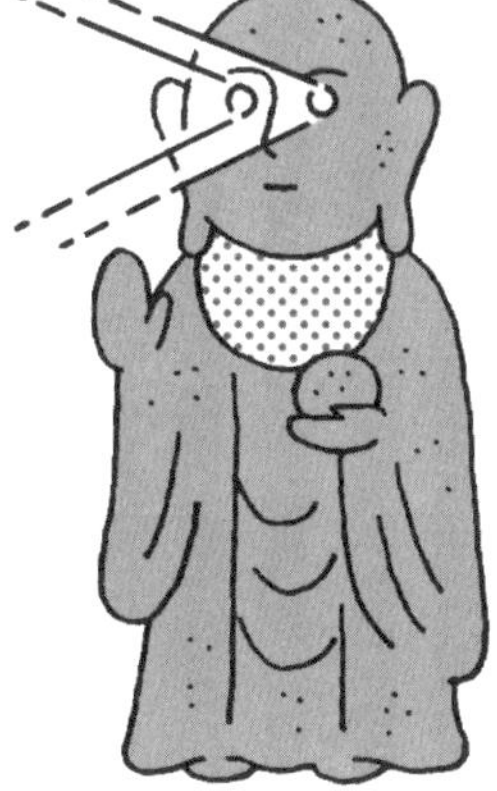

エピローグ〜あなたのうしろ

「おーい、ただいま。いま帰ったぞ」

玄関をガラッと開けて声をかけるが、室内からは反応がない。

洗面所や台所も見たが、いない。

もしかすると……と思い、裏庭に回ると、ばあさんがこちらに背を向けて火を焚いていた。パチパチと音を立てながら、衣服と思しきものが燃えている。

「おやまあ、おまえさん。早かったじゃないか。いい酒は飲めたかい？」

ばあさんはチラリとこちらを見やると、すぐに視線を火に戻す。頃合いを見ながら、山と積まれた衣服を一枚、長い火ばさみで摘まみ上げると、手際よく炎の中に放り込んでいく。

パチパチ……パチ。焼けるにおいがこちらまで漂ってくる。

「また、ずいぶん剥ぎ取ったもんだなあ」

呆れたように源次が言うと、ばあさんはフン、と鼻を鳴らす。

「ったく。誰のためにやってると思ってるんだい。おまえさんが判決を下すのに必要だから、わしは毎日こうやってだね……」

「わかっとる、わかっとる」

皆まで言うなと、源次は両手で制す。

「ばあさんのおかげで本当に助かっとるよ」

「フン。わかっとればいいんじゃ」

そうピシャリと言い放つと、ばあさんは縁側に置かれた風呂敷包みのほうに顎をしゃくった。

「ほれ。今日の報告書じゃ」

「こりゃまた、今日はずいぶんあるなあ。目を通すだけでも大変だぞ」

源次が風呂敷を広げてそうこぼすと、ばあさんがギロリと目ん玉を剥く。

「文句を言うんじゃないよ。これがなければ正しい判断が下せんと、おまえさんはいつも言っとるじゃないか。調書は正確なほうがいいだろう？　ほれ」

そう言うと火ばさみを地面に置き、よっこらしょと縁側に上がった。そして座敷に入り、広げられていた凄まじく大きな風呂敷をバッと取り去った。そこには所狭しと、何百台ものモニターが積み上げられ、道行く人々や広場で遊ぶ子どもたちなど、様々な人間社会の光景が映し出されていた。なかにはどこかのファミレスで仲良く食事をする家族の様子もある。

それらを写して映像を送っているのは、道端に佇む地蔵たちだった。

「まったく便利な世の中になったもんじゃ。家にいてもこうして地蔵たちの目線から、すべての人間たちの行いをチェックできる。昔は瞬間移動しながら、あちこちのバス停でじかに調査していたが、わしも当時は若かったからできた。文明の利器はすごいもんじゃ」

「たしかにそうだが、しかし、裁きは亡者となってからでよかろう。生者のうちに我々が手を出すのはどうかと思うがなあ」

源次は困ったように言うが、ばあさんはそんなことは意に介さず、

「何を言うとる。生きてるうちに、自分のした過ちを清算させてやるのも優しさじゃ。いったん清算が済めば、死ぬまでの時間をもう一度有効に使える。そんな機会を与えるのも、仏の情けというもんじゃないのかい？　ええ」

「仏の情けねえ。地獄のファーストレディーと恐れられる、あんたの言葉とはとても思えんわい」

「なんか言ったかい？」

「いやいや……独り言」

源次はうまく反論ができずに肩をすくめた。

そうしながらも、いつの間にこんなに情に厚くなったのかねえ。ま、そのほうがいいやね、とも思う。

「だが、せめてその姿はやめてくれねえかい？　妙な怪談話が流れかねんわい。どうせなら、もうちょっと今風の服をだな」

と、薄汚れた白い着物を指さして意見する源次に、ばあさんはおもしろそうにクックッと笑い、

「何言ってんだい、これがいいんじゃないか。何事も演出だよ、え・ん・しゅ・つ♪」

と、クイクイと袖のあたりを摘まんでみせる。

「そんなことよりそろそろ時間だ、さっさと支度しな。今夜もたくさんの亡者たちが、おまえさんを待ってるんじゃないのかい」

ばあさんはそう言って、促すように手をひらひらと揺らした。

源次は苦笑いを浮かべて頭に手をやった。廊下を通り客間を覗くと、いつものように床の間に掛け軸と生け花が飾られ、中央には大切そうにジャムパンがひとつ置かれている。

階段を上がって二階の自分の部屋へ行くと押し入れの中から、だぶだぶの役人服を

取り出して、袖を通した。頭には宝冠をのせる。鏡を見る。うん、酒は抜けたようだ。

そして杓を手にすると、

「じゃ、おしず、行ってくる」

裏庭に向かってそうひと言告げ、部屋の奥にある重い扉を開いた。扉の向こうから地獄の使いがヌッと顔を出す。

「閻魔大王、お待ちしていましたよ。ひひひ」

さあ、今夜も裁きの時間が始まる。


「十王経《じゅうおうぎょう》」（仏説地蔵菩薩発心因縁十王経）においても見られるように、閻魔大王と同体であるとされてきた地蔵菩薩《じぞうぼさつ》。

その地蔵菩薩は、この世で苦しむ人がいればその人に最もふさわしい姿で現れるという。ほぉら、あなたのうしろで陽気に笑っているあの人も、もしかすると……。ひひひ。


この物語は実際に起きた事件やできごとをモデルにしているが、登場する人物はすべて仮名である。

僕と妻を除いては。

著者プロフィール

小野寺S一貴（おのでら　えす　かずたか）

作家・古事記研究者、1974年8月29日、宮城県気仙沼市生まれ。仙台市在住。山形大学大学院理工学研究科修了。ソニーセミコンダクタにて14年、技術者として勤務。東日本大震災で故郷の被害を目の当たりにして、政治家の不甲斐なさを痛感。2011年の宮城県議会議員選挙に無所属で立候補するが惨敗。その後「日本のためになにができるか？」を考え、政治と経済を学ぶ。2016年春、妻ワカに付いた龍神ガガに導かれ、神社を巡り日本文化の素晴らしさを知る。著書『妻に龍が付きまして…』、『龍神と巡る命と魂の長いお話』、『やっぱり龍と暮らします。』『妻は見えるひとでした』など著作累計は35万部のベストセラーに。現在も「我の教えを世に広めるがね」というガガの言葉に従い、奮闘している。

【ブログ】「小野寺S一貴　龍神の胸の内」
https://ameblo.jp/team-born/

【メルマガ】「小野寺S一貴　龍神の胸の内【プレミアム】」（毎週月曜に配信）
https://www.mag2.com/m/0001680885.html

うしろのおしず
龍と姥神

発行日　2023年3月1日　　初版第1刷発行

著　者　小野寺S一貴

発行者　小池英彦

発行所　株式会社 扶桑社
〒105-8070
東京都港区芝浦1-1-1　浜松町ビルディング
電話　03-6368-8870（編集）
03-6368-8891（郵便室）
www.fusosha.co.jp

印刷・製本　株式会社 加藤文明社

定価はカバーに表示してあります。

ISBN 978-4-594-09413-3